KB078501

FUSION FANTASTIC STORY

자미소 장편소설

GRAND SLAM

그랜드슬램

그랜드슬램 7

자미소 장편소설

초판 1쇄 찍은 날 § 2017년 3월 9일
초판 1쇄 펴낸 날 § 2017년 3월 16일

지은이 § 자미소
펴낸이 § 서경석

편집책임 § 최지원
편집 § 이창진

펴낸곳 § 도서출판 청어람
등록번호 § 제387-1999-000006호
등록일자 § 1999. 5. 31
어람번호 § 제1-2650호

주소 § 경기도 부천시 부일로 483번길 40 서경B/D 3F (우) 14640
전화 § 032-656-4452 팩스 § 032-656-4453
http://www.chungeoram.com
E-mail § chungeorambook@daum.net

ISBN 979-11-04-91233-7 04810
ISBN 979-11-04-91038-8 (세트)

C O N T E N T S

Chapter 52
한계를 지우다

Dubai International Airport.

조금은 긴 비행시간 끝에 아랍에미리트(United Arab Emirates)의 두바이국제공항에 도착한 영석 일행은, 조금은 낯선 분위기를 느꼈다.

공항의 시설이야 세계 어디를 가도 별다를 것이 없지만, 이상하게도 나라마다 조금씩은 다른, '어떤 느낌' 같은 것이 온몸을 휘감는다.

'그게 여행의 묘미겠지?'

여행처럼 팔자 편한 짓은 아니지만, 테니스 선수는 1년 내내 전 세계를 돌아다니기 때문에 이처럼 조금씩 다른 기류를 느끼고, 정의하는 것에 익숙한 편이다.

"두바이~!"

진희는 대부분 처음 겪어보는 것에 긍정적인 편이다.

가리는 것도 없고, 비위도 좋아서 식사에도 아무런 문제가 없다.

'천생 테니스 선수야. 아냐, 진희라면 뭘 해도…….'

영석은 여전히 공항에서 진희를 보는 것이 즐거웠다.

즐겁게 만들어주고, 활력을 불어넣어 준다.

그 에너지가 자신에게도 여실히 전해져 오는 것 같다.

"……."

한편, 온몸이 찌뿌둥한지 캐리어를 놓고 한참을 몸을 풀던 최영태가 여느 때처럼 들뜬 분위기를 정돈한다.

"가자. 수고스러우시겠지만, 숙소까지 안내 부탁드립니다."

정중한 어조로 강춘수에게 부탁한 최영태가 주섬주섬 진희와 영석의 테니스 백까지 든다.

"어, 어! 코치님! 제 건 제가 들게요."

당황한 진희가 최영태에게서 가방을 뺏어 오려고 버둥거려 봤지만, 최영태는 요지부동이었다.

"테니스 선수는, 코트 바깥에선 세상에서 제일 편하게 지낼 권리가 있어."

영석이 웃으며 최영태의 캐리어를 잽싸게 들었다.

"그래도 코치님에게 짐 들게 하는 건 예의가 아니죠. 제 가방도 주세요."

때아닌 사제 간의 아웅다웅에 강춘수가 교통정리에 나섰다.

"저랑 혜수가 들겠습니다. 캐리어는 저희에게 다 주세요."

"……."

　　　　　*　　　　　*　　　　　*

두바이(Dubai).

아랍에미리트의 도시로, 중동의 막대한 오일달러가 집중적으로 투자되면서 중동의 금융 중심지로 발전한 도시다.

세계 각 대륙과 나라를 연결하는 허브공항으로 중요한 위치를 차지하고 있다.

인공 섬이니 인공 도시니 하는 것들을 2016년에도 심심찮게 들었던 영석에게 2003년의 두바이는 낯설고 신비로운 느낌을 주는 도시였다.

'해외라기보다… 극단적인 방향으로 발전한 강남의 미래 모습 같군.'

건물들의 만듦새가 예사롭지 않았다.

도로는 잘 뚫려 있었고, '도시'라는 느낌을 주기엔 충분히 차고 넘쳤다.

'금융 도시라는 건… 조화로움이 없어도 이처럼 번쩍거리는구나.'

도시에 도착해서 전경을 바라봤을 뿐이다.

그야말로 단면에 불과한 모습으로 영석은 지금, 두바이라는 도시를 정의 내리고 있다.

'괜찮네.'

나쁘지 않았다.

아니, 오히려 좋았다.

뭔가 '중동'이라는 이미지가 강해서 부정적인 느낌을 가지게 마련인 영석에게 지금의 두바이는, 꿈틀거리는 거대한 잠재력이 땅 밑을 헤엄치고 다니고 있는 것 같은 느낌을 줬다.

'치안은 괜찮겠지? IS 잡놈들도 없을 테고.'

생각이 그쪽까지 뻗어나가자, 영석은 그만 피식 웃고 말았다.

'공이나 치자.'

Aviation Club Tennis Centre.

공항 밖에 나오자마자 강춘수는 리무진 택시를 잡아 목적지를 말했다.

"우와!!! 장난 아니다!!"

두바이 오픈이 진행되는 동안 머무를 숙소를 앞에 둔 진희의 눈이 화등잔처럼 커졌다.

"……."

영석도 말문을 잃고 말았다.

하얗게 포말이 일어나는 듯한 '버즈 알 아랍'의 외관처럼 황홀한 느낌은 아니다.

하지만 결코 뒤지지 않는 우아함과 세련미를 이곳 주메이라 에미리트 타워스 호텔(Jumeirah Emirates Towers Hotel)에서 느낄 수 있었다. 까마득하게 높아 보이는 건물의 뾰족한 모양이 번쩍거리는 외벽의 위용과 합해 신비로운 느낌을 주었다. 자연미는 없지만, 조형미가 그 자리를 대신했다.

'그야말로 사막 속의 오아시스군.'

"이곳이 두바이 오픈이 열릴 동안 저희가 머물 호텔입니다. 일종의 패키지처럼, 이 시즌에는 두바이 오픈과 연계되어서 선수들이 많이 찾곤 하죠."

강춘수가 담담하게 설명을 했지만, 호텔 외관에 정신이 팔려 있는 일행의 귀에는 결코 들리지 않았다.

"좋네요."

최영태마저 감탄한 듯, 고개를 주억이며 호텔의 외관을 가만히 감상했다.

일행의 귀로 '2000년에 완공됐고, 시공은 쌍용건설이 했습니다. 별이 다섯 개입니다'라는 강춘수의 설명이 흐른다.

"사진 찍어요!"

몸을 돌려 일행을 바라본 진희가 외쳤다.

박정훈이 삼 일 내내 사진을 찍어줘서 '추억을 저장하는 행위'에 제법 심취한 탓이다.

비행기를 타고 있는 동안을 제외하면, 진희는 사진에 열광했다. '찍는 것'보다 '찍히는 것'을 좋아했지만 말이다.

"그럼 제가……."

만능 집사(?) 강춘수가 가방에서 카메라를 꺼냈다.

"……"

무식한 크기의 DSLR을 기대했던 일행은 날렵한 카메라의 자태에 눈을 떼지 못했다.

빨간 딱지가 시리도록 밝게 빛나는 것 같은 느낌을 준다.

자기도 모르게, 영석이 무심코 중얼거렸다.

"…라이카네."

얼마짜리인지 정확히는 모르지만, 비싸다는 사실 하나만큼은 또렷하게 기억하는 브랜드다.

강춘수가 부드럽게 웃으며 답했다.

"저희는 앞으로 몇 년이 될지 모를 세월을 두 선수와 보내게 될 겁니다. 그 추억을 조금씩 기억하고자 이번에 큰마음 먹고 구했습니다."

영석은 빙그레 웃으며 고개를 끄덕였다.

"잘하셨어요. 언제든, 저희 동의 구하지 않고 찍으셔도 됩니다. 아, 물론 아주 개인적인 모습은……."

흔히 볼 수 없는 영석의 너스레에 강혜수가 풋 하고 웃음을 터뜨렸다.

그리고 그녀도 카메라를 꺼내 들었다.

"저도 하나 샀습니다. 사진 많이 찍어서 보관하려고요."

진희는 후다닥 강혜수에게 달려가 카메라를 보며 연신 '호오, 호오……'하며 감탄을 했다.

획—

영석을 돌아보는 진희의 눈이 반짝반짝 빛난다.

"우리도 사자!"

"그, 그래……."

그 박력에 영석은 냉큼 고개를 끄덕였다.

그렇게 두바이에서의 첫날은 썩 괜찮게 흘러갔다.

*　　　　　*　　　　　*

호텔의 화려한 시설에 압도당하고, 훌륭한 식사에 입맛까지 훌륭하게 충족시킨 일행은 짐을 정리하고 여독을 풀기 위해 뿔뿔이 흩어졌다. 진희와 강혜수는 5성 호텔의 위엄을 느껴보겠다며 각종 시설을 이용하러 떠났다.

물론, 영석에게 여독(餘毒)이란, 일종의 친구이자 동반자 같은 것이어서 딱히 특별한 조치를 취하지 않아도 되었다.

"흐음……."

준수한 호텔답게 미팅 룸도 깔끔하기 이를 데 없었다.

강춘수의 깔끔한 브리핑이 영석과 최영태의 귀에 쏙쏙 들어왔다.

영석은 참가 선수 명단을 손에 쥐고 물끄러미 내려다봤다.

어떤 대회에 참가를 하게 되면, 늘 이렇게 참가 선수를 보며 기억을 끄집어내거나, 전략을 수립하는 것이 영석의 습관이자 장점이기 때문이다.

"진희는 뭐 하고 있대?"

최영태가 은근슬쩍 묻자, 강춘수가 대신 답했다.

"혜수랑 마사지받고 있습니다."

"아, 그래요? 그나마 몸에 도움이 되는 걸 해서 다행이네요."

최영태가 관자놀이를 짓누르며 답했다.

영석이 실없이 웃으며 최영태를 달랬다.

"저렇게 태평한 게 진희 스타일이잖아요. 상대가 누구든, 자신의 실력을 발휘할 수 있는 것. 어떻게 보면 멘탈이 너무나 뛰어난 거죠."

"……."

그 말을 부정할 수 없는 최영태는 가만히 침묵을 유지했다.

그런 최영태를 살갑게 바라본 영석이 명단에 적힌 진희의 상
대를 읊음과 동시에 슬쩍슬쩍 눈치를 살피며 못마땅해하는 최
영태의 마음을 달랬다.

"쥐스틴 에냉… 모니카 셀레스……. 역시나 쉽게 넘어가는 법
이 없군요."

"그것보다 날짜가 문제지. 봐라."

최영태가 짚은 부분엔 대회의 날짜가 적혀 있었다.

24 February~2 March (men)

17 February~22 March (women)

"며칠 후면 시합인데, 이놈의 지지배가……."

여자의 시합이 끝나고 나서야 남자의 시합이 이어지는 일정이
었다.

최영태는 끝끝내 툴툴거리며 불편한 심기를 내비쳤다.

"…한숨 푹 자고 내일부터 훈련하면 되죠. 진희도 이제 애가
아닌데요 뭐. 스스로 잘할 거예요."

영석은 계속해서 달래며 여유를 가장했다.

속에는 들불처럼 끓어오르는 투쟁심을 머금은 채.

'벌써 만나고야 말았구나.'

영석은 방금 전에 있었던 온도 차에 대해 생각했다.

*　　　　*　　　　*

자기 전에 진희와 함께 WTA 일정에 대해 자세히 논의하기로
정한 셋은, 다른 것들을 살펴보기로 했다. 강춘수는 ATP에 대해

상세히 브리핑하기 시작했다.

"이번에 영석 선수는 3번 시드입니다."

시드라는 제도가 있는 이유는 여러 가지가 있겠지만, 그중 가장 큰 이유 중 하나는 '조기에 톱 플레이어들끼리 맞붙는 걸 막자'는 것이다.

대전표를 만드는 것은 간단한다.

미리 시드를 받은 선수들을 한쪽에 쭉 세워놓는다.

그리고 각자의 상대는 예선을 거쳐 진출한 선수들의 목록으로 채운다.

상대적으로 실력이 약한 선수들과 붙게 되는 시드 선수들은 오랫동안 대회에서 살아남는다.

그리고 8강, 4강, 결승… 이런 무대에서 시드 선수들끼리 자웅을 겨룬다.

결국 실력 있는 선수가 우승하는 것은 마찬가지이지만, 주최 측이나 관중들은 유명한 선수가 오랫동안 모습을 보여주길 바란다.

이런 논리로 인해 시드라는 게 존재하게 된 것이다.

물론, 시드를 못 받는다는 것이 '약한 선수'라는 의미와 직결되는 것은 아니다.

그 어느 위대한 선수여도, 시드는커녕, 예선부터 헐떡대며 올라가야 했던 시절이 있을 것이다. 시드를 배정받는 게 거의 불가능한 신인의 경우나, 부상으로 인해 대회에 참가하지 못하여 랭킹이 떨어진 경우다.

영석과 진희의 경우가 그렇다.

실력에 비해 랭킹이 떨어졌지만, 실적이 없는 신인이라 예선전부터 힘들게 올라가야 했다.

이런 특출한 신인들이 톱 시드를 받은 선수를 고꾸라뜨리면 흔히 'Upset'이라고 한다.

'3번이라……. 예선은 스킵할 수 있어서 좋구나.'

영석은 가볍게 웃으며 눈으로 목록을 가볍게 훑었다.

10명가량의 선수가 쭉 늘어져 있었다.

'당연하겠지만, 호주 오픈에서 봤던 선수들이 태반이군……'

직접 맞붙었던 선수들도 한둘 껴 있었다.

어쩔 수 없는 일이다.

세상에 수없이 많은 대회가 있다곤 하지만, ATP250 이상의 대회는 한정적이다.

ATP500, 1000, 메이저……. 위로 올라갈수록 대회의 수는 줄어든다.

아무리 분산이 된다 하더라도 1위부터 30위 정도의 톱 플레이어들은 늘 같은 공간에서 마주칠 확률이 높다.

어제 만났던 선수들과 오늘 또 만날 수 있는 게 테니스 선수들의 숙명인 것이다.

톱으로 올라가면 올라갈수록 이런 경향은 더욱 더 심해진다.

한 해에 열 번 가까이 결승전에서 붙을 수도 있는 노릇이다. 한 달에 한 번꼴로 보는 셈이니, 지겨울 정도이다.

최고의 무대에서, 최고로 중요한 순간에 숙명적인 라이벌을 만난다? 그럴 수는 없다.

이들에게 라이벌이란 '일상적으로 만나는 옆집 아저씨' 같은 존재다.

"어디 보자… 1번 시드는……."

영석은 말을 하다 말고 숨을 멈췄다.

—Roger Federer

호주 오픈에 이어 두 번째 만남.

첫 번째 만남에선, 아쉽게도 맞상대할 수 없었다.

'이번엔…….'

영석은 기대감과 흥분으로 거칠게 뛰놀기 시작하는 심장을 느끼며 그 이름을 영혼에 새기려는 듯, 눈 한 번 깜빡이지 않고 뚫어지게 철자 하나하나를 바라보았다.

"…왜 그래?"

최영태가 그런 영석을 보고 화들짝 놀라서 팔을 뻗어 영석의 몸을 더듬는다.

착—

그리고 영석의 뺨에 손을 가볍게 얹어본다.

최영태의 인상이 와락 구겨졌다.

"왜 이렇게 차……?"

스슥—

천천히 고개를 돌리는 영석의 표정이 심각하다.

영석이 손가락으로 페더러의 이름을 짚고는 중얼거렸다.

"페더러예요, 페더러."

"응?"

최영태는 영석의 반응에 자신의 자료를 봤다.

강춘수도 뭔가 자신이 잘못 기입한 것이 있는지 꼼꼼히 살펴보았다.

휘릭, 휙!

실내엔 두 명의 종이 넘기는 소리로 가득했다.

"…후."

강춘수는 빠르게 점검을 마친 후, 자신이 아무런 오류를 기입하지 않았다는 것에 안도의 한숨을 내쉬었다.

최영태는 몇 번이고 종이를 넘기며 이상한 것이 있는지 확인했다.

"페더러가 왜?"

영석은 순간적으로 아차 싶었다.

'지금은 '그' 페더러가 아니었지……'

자신을 바라보는 두 명의 눈초리에 영문을 모르겠다는 황망함이 가득한 것을 본 영석은, 입을 달싹이며 무언가를 말하려 하다가 입을 다물었다. 그러고는 별 대수롭지 않다는 듯 가벼운 어조로 두 사람을 안심시켰다.

"지나가다가 시합하는 거 한번 본 적이 있는데, 폼이 괜찮더라고요. 왜인지 모르게 신경이 쓰여서 의식하고 있었어요."

페더러의 랭킹은 2003년 현재 7위.

10위인 영석보다 높다곤 하지만, 영석과의 직접적인 비교를 할 수는 없었다.

영석은 2001년과 2002년을 부상과 아시안게임 등으로 날렸기에 랭킹은 그리 높지 않았다.

하지만 지금 영석은 누구라도 인정하는 '세계 톱 플레이어'

였다.

호주 오픈에서 로딕을 이길 때까지만 해도 업셋으로 평가됐으나, 그 후에도 단 한 번의 패배도 겪지 않으며 결승전까지 올라가 '그' 애거시를 이기고 우승컵을 들어 올렸으니 말이다.

지금 영석의 랭킹은 명백한 평가절하에 해당한다.

데뷔 후 5년 동안 이렇다 할 뚜렷한 행보를 보인 적 없는 페더러와는 비교를 불허하는 것이다.

메이저에서의 우승은, 이처럼 크나큰 업적에 속한다.

"얼마 전에 마르세유 오픈에서 우승했으니; 확실히 영석 선수 말대로 신경을 써야 할 선수이긴 합니다. 명백히 지금 세계 랭킹도 더 높고요. 1번 시드니까요."

강춘수는 영석의 말을 허투루 듣지 않았다.

방대한 자료 조사를 통해, 페더러가 얼마나 잠재력이 큰 선수인지 잘 알고 있기 때문이다.

하지만 최영태는 고개를 갸웃하며 이견을 제시했다.

"그래도 명백히 지금은 2번 시드인 사핀이 더 무서운 선수 아니야? 3년 전에 US 오픈에서 우승했고, 그 후에도 메이저에선 꾸준히 성적을 잘 내고 있어. 멘탈이 고르지 않다고는 하지만, 언제든 제 기량을 발휘하면 누가 상대여도 이기기 힘들어."

끄덕.

영석은 고개를 크게 끄덕이며 최영태의 말에 동의했다.

"…맞죠. 지금 신경 써야 할 선수는 사핀이죠."

누가 뭐라고 해도 사핀은 샘프라스를 이기고 US 오픈에서 우승한 전적이 있다.

최악에 가까운 멘탈 덕분에 실력도 없고, 랭킹도 낮은 선수에게 자주 패하는 경향이 있지만, 중요한 순간, 최고의 상대에겐 자신의 기량을 온전히 발휘한다.

그리고 그 압도적인 신체 능력으로 거꾸러뜨린다.

'그래도… 사핀한테는 이제 지지 않아.'

한 번 이겼기 때문에 방심하는 것이 아니다.

영석은 사핀이 발휘할 수 있는 최고의 역량을 시합에서 한 번, 연습에서 한 번 겪어봤다.

'넘지 못할 벽은 아니지.'

충분히 뛰어넘어서 영석 자신도 사핀에게 벽이 될 수 있을 거라는 자신감도 있다.

하지만 페더러는 아니었다. 단 한 번도 그와 제대로 붙어보지 못했기 때문에, 알 수가 없었다.

아니, 솔직히 말하면 영석은 그에 대해 엄청난 환상을 갖고 있었다. 필생의 숙적이라고 여기며 혼자 불타오르기도 했던 과거가 도대체 몇 년이었던가.

'곧… 황제가 될 사람이기도 하고.'

강춘수와 최영태는 모른다.

페더러가 2003년 윔블던에서 첫 메이저 우승을 달성한 후 어떻게 변하는지.

2004년부터 2008년까지 5년 동안 237주 '연속'으로 세계 랭킹 1위를 당연하다는 듯 지킬 선수라는 것을 말이다.

'그야말로……'

페더러의 이력을 누구보다 잘 알고 있다고 자부하는 영석은,

그의 길고 긴 커리어 중에서 2004년을 떠올렸다.

페더러는 2004년 한 해 동안 어마어마한 성적을 달성한다. 아니, 그것은 성적이 아니라 '업적'으로 평가받아야 할 수준이다.

그의 2004년 성적은 오픈 시대 전체를 통틀어서도 매우 탁월한 수준이었다. '역대 최고'를 논할 때 반드시 '페더러의 2004년'이 들어간다는 것이다. 비록 '노박 조코비치'라는 2대 황제가 페더러의 기록을 하나하나 깨고 있던 2010년대 후반에는 페더러라는 금자탑이 조금은 빛을 바랬지만 말이다.

페더러는 2004년에 4개 그랜드슬램 대회 중 프랑스 오픈을 제외한 3개 대회에서 우승하였고, 세계 랭킹 10위권 이내의 선수에게 단 한 차례도 패하지 않았으며, 결승에 진출한 대회에서는 모두 우승했고, ITF 테니스 세계 챔피언의 칭호까지 얻었다. 그야말로 완전무결한 한 해였던 것이다.

2004년 총전적은 74승 6패였고, 메이저 대회 3개 및 ATP 마스터스 시리즈 대회 3개를 포함해 총 11개 대회에서 우승했다. 거의 참가한 대회 대부분에서 우승한 것이다.

톱 플레이어들조차 평생을 걸쳐 이룩할 업적을, 페더러는 단 1년 만에 달성했다.

그리고 그가 대단했던 것은 한 해만 반짝였던 것이 아니라는 점이다.

준비된 황제였던 그는, 그 후로도 절대적인 군림을 보여줬다. 그의 20대는 쭉 절대자, 황제, 최고라는 수식어와 함께였다. 나달이라는 혁명가가 있었지만, 나달은 페더러와의 상대 전적에서 앞설 뿐, '1위'라는 자리를 페더러에게서 빼앗는 데까지는 엄청난 시간을 소요했다.

누가 뭐래도 페더러는 1이라는 숫자와 가장 완벽하게 부합되는 선수였고, 그 시작이 2003, 2004년이라는 사실 또한 명명백백했다.

샤핀은… 페더러와 비교하면 태양과 반딧불에 불과한 선수인 것이다.

"……."

영석은 확연하게 온도 차이가 나는 지금이 익숙하면서도 낯설게 느껴졌다.

'과거로 돌아온 후, 유리(遊離)된 느낌을 가장 크게 받는구나……'

자신에게는 상식 수준의 것들이 이들에게는 펼쳐지지 않은 미래의 환상일 뿐이었다.

이건 누가 뭐라고 해도 영석이 혼자 안고 가야 할 문제였다.

'부모님도 늘 별말씀 없으시고……'

영석의 또 다른 삶을 알고 있는 부모님과 영애는 의식적으로 대화의 흐름을 그쪽으로 끌고 가지 않는다. 아예 '모르고 있는' 것처럼 보일 정도였다.

지금으로서는, 그렇게 살아가는 것이 자신들에게도, 영석에게도 좋다고 판단했기 때문일지도 몰랐다.

"가장 중요한 것, 각 선수들의 전략과 장단점을 분석하죠."

영석은 이 기이한 온도 차이를 무마시키기 위해 강춘수에게 브리핑을 시켰다.

                    *   *   *

　진희 얘기를 하다가 잠시 방금 전을 회상했던 영석은 정신을
차리고 대화를 전개시켰다.

　"우선 진희가 곧 시합이니, 무엇보다 훈련 스케줄을 좀 면밀하
게 짜야 되지 않을까요? 시간이 짧으니, 더더욱 정교한 프로그램
이 필요할 거 같아요."

　"두바이 오픈은 문제없다."

　영석의 말을 단호하게 받은 최영태의 표정이 어쩐지 심각해
보였다.

　원래도 굳어 있는 표정이, 더욱 삭막하게 변한 것이다.

　사막의 모래언덕처럼 까슬까슬한 분위기가 느껴진다.

　"……."

　그러고는 침묵을 지키며 영석을 물끄러미 바라본다.

　그 눈빛이 깊고 깊어서 영석은 심해를 마주하는 듯, 아뜩한
기분에 사로잡혔다.

　"…문제는 없어. 아까는 괜히 투덜거렸지만, 사실 이번 대회는
진희의 컨디션만 체크하면 돼."

　최영태에게 두 제자는 어떤 제자일까.

　영석은 엄밀히 말해 자신의 '제자'가 아니다. 테니스를 치겠다
며 라켓을 잡은 지 몇 개월 만에 작지만 하나의 대회에서 우승
을 차지했다. 그것도 7살 꼬맹이의 몸으로 12, 13살짜리들을 이
기며 말이다. 무슨 전설적인 선수의 일대기 중 첫 페이지를 보는
것만 같았던 인간이 이영석이다.

그 후로도 최영태가 하는 일은 굉장히 한정적이었다.

'테니스 선수에게 필요한 몸'으로 만들어주는 것이 전부였던 것이다.

이 천재는… 아니, 천재라는 말로도 부족한 거대한 존재는 흙 탕물에 굴렀어도 테니스 역사에 이름을 새길 만한 녀석이었다.

반면, 진희는 어떠한가.

비록 이유리에게 많은 부분을 맡겼지만, 최영태에게 진희는 너무나도 사랑스럽고, 조심스러운 제자였다. 자신의 코칭 하나하나에 진희의 인생이 달라질 수도 있다는 부담감을 안은 것이 10년을 훌쩍 넘었다. 영석과 다르게, 어릴 때부터 새하얀 백지 상태의 진희를 키웠기 때문이었다.

이 백지에 단 한 번의 실수라도 깃들면, '그림'을 망친다는 초조함을 비롯해서, 스승으로서 견뎌야 할 것들을 가르쳐 준 존재가 진희다. 그래서 늘 진희는 마음에 걸렸다.

"진희가 없으니 하는 말이지만, 진희는 이미 완성이 되었어. 정확히는 완성이 된 것처럼 보이지."

"완성… 이요?"

영석의 물음에 최영태는 고개를 끄덕였다.

"이 완성이라는 말의 의미는 '세계 톱을 노릴 수 있는 기량'을 뜻한다. 진희는 작년부터 줄곧 세계 최고가 될 수 있었어. 명백하게 떠오르는 단점이 있는지 생각해 봐."

"……"

최영태의 주문에 영석과 강춘수가 생각에 빠져든다.

'힘, 기술, 민첩함, 속도, 센스, 체력… 부족한 게 없구나.'

부족하기는커녕, 모두 손꼽힐 만한 수준까지 끌어올린 상태였다.

'기준이 WTA라면 말이지…….'

영석은 계속해서 반복되는 '논리'… 즉 '진희가 세레나에게 이길 수 없는 이유'를 떠올리고는 쓰게 웃었다.

강춘수도 미간을 찌푸린 채 말을 하지 못했다.

최영태는 가늘게 한숨을 쉬고는 말했다.

"이번 두바이 오픈을 대비해서 하는 말이 아니야. 진희는 다른 여자 선수들과는 달라. 명백히 머물고 있는 차원이 다르지. 하지만 그런 선수들은 어디에도, 어느 종목에도 있어. 그런 선수들 사이에서의 경쟁에 이겨야 '최고'가 되는 거야. 그리고 나는… 진희가 꼭 최고의 선수가 됐으면 한다."

최영태는 이를 악물고 말을 이었다.

철석같은 담력과 침착함을 가진 이 남자는, 지금 크나큰 결심 끝에 하나의 결론에 다다른 것이다.

"사람이 날 때부터 갖고 태어나는 부분이라고 여겨지기 십상인 것들 중엔, 의외로 훈련과 습관으로 변화시킬 수 있는 것들이 있어."

영석은 크게 동감한 듯, 고개를 끄덕였다.

'시력조차 꾸준히 훈련하면 좋아지게끔 할 수 있지.'

성장과 발전을 가로막는 것은 편견으로 말미암은 것일 수 있다. 그 흔한 '벼룩과 상자' 논리를 갖다 댈 필요도 없다. 겪어보게 되면, 반드시 아는 진리다.

최영태를 독촉하듯, 강춘수가 안경을 몇 번이고 손으로 만져

댄다.

"세레나가 힘으로 여자의 차원을 넘었다면, 진희는 힘을 제외한 다른 모든 것에서 여자의 차원을 넘어야 된다."

"……."

황당함을 넘어서 허황되게 들리기까지 하는 최영태의 선언에 강춘수는 입을 떡 벌린 채 아무런 말을 하지 못했다. 영석만이 미약하게나마 반응을 했다.

"…어떻… 게요?"

최영태는 그 질문에 자신의 품에서 수첩을 꺼낸다.

"우선, 기초적인 훈련 강도를 조금씩 높인다. 모든 훈련의 기준은 '남자'로 할 거야. 그렇게 되면 진희의 발도 그리 빠른 편은 아니게 되는 거고, 서브며 스트로크… 이 모든 것들 또한 그저 그런 수준이 되는 거지. 지금 유일하게 통하는 건 터치 감각, 즉 센스다. 그걸 제외하면 남자를 기준으로 했을 때, 다 수준 미달 이라고 봐야지. 기준이 높아지는 것만으로, 동기는 생긴다."

'그러니까 그걸 어떻게 가능하게끔 하냐고요'라는 말이 혓바닥까지 올라왔지만, 영석은 잠자코 들었다. 최영태는 스스로의 이론이 미흡하다는 걸 인정한다는 듯 부연을 했다.

"내가 원하는 것은 '의식'이야. 기준을 남자로 잡고 하면, '이 정도면 됐다'는 생각을 안 하게 돼. 선수도, 코치도 말이야. 공 하나하나의 한계를 모조리 다 풀어야 해. 그 한계를 푸는 것이 우선이다. 사람은 간절해지면 어떤 형식으로든 진보를 하게 되지."

"……."

맞는 말이었다.

스포츠는 체급의 구별이 있고, 성별의 구별이 있다.

누군가가 정해준 이 틀에 집착을 하게 되면, 의식 전체가 한정된다.

하지만 가끔씩 이런 틀을 부수는 것에 성공한 선수들이 나타난다. 그리고 그들은 예외 없이 세계 최고라는 자리에 도달한다.

'아주 틀린 말은 아니야……'

그 부분은 인정하는 영석이었지만, '방법론'에 대해서는 회의적이었다.

'훈련 강도? 아무리 해도 안 되는 게 있는 법인데……'

최영태는 영석을 보며 진중하게 말했다.

"우선은… 진희의 승부욕과 멘탈을 믿고 할 수 있는 한 큰 차이의 '수준'을 보여준다. 그걸로 자존감이 떨어지면 어쩔 수 없지. 다시 바닥부터 천천히 회복시키는 수밖에. 만약 독기를 품는다면, 빠르게 변할 거다. 그게 어떤 형태가 되었든."

"코치님, 그러니까 무슨 수로……."

최영태는 혼란에 빠진 영석의 말을 자르며 결정타를 날렸다.

"오늘부터 진희의 최종 목표는… 이영석, 바로 너다."

*　　　　　　*　　　　　　*

"그래서 언니……."

"아, 그래요? 근데 그것도 좋은데……."

다음 날.

연습용 코트를 확보한 강춘수가 일행을 이끌고 코트로 나왔다.

5성급 호텔은 과연 훌륭했다.

영석과 진희의 얼굴을 확인한 프론트 직원이 바로 차량을 수배해서 코트까지 편안히 가게끔 도와줬던 것이었다. 언제든 전화만 주면 다시 픽업하러 오겠다고까지 했으니, 그 정성이 갸륵할 정도였다.

진희와 강혜수는 서로 화장품 얘기를 하며 대화를 꽃피우기 시작했다.

"……."

한편, 영석은 간밤에 최영태에게 들었던 말이 떠올라 복잡한 심정으로 가만히 진희의 안색을 살피는 데 여념이 없었다.

하루를 스트레스 푸는 걸로 소요했던 진희는 과연 안색이 좋았다. 연신 까르르대며 강혜수와 쉴 새 없이 수다를 떨며 몸을 풀었다.

푸르스름하게 느껴질 정도로 피부는 투명했고, 자연스레 짓고 있는 표정에서도 윤기가 느껴졌다. 어떻게 테니스 선수가 저렇게 피부가 좋은지, 영석은 놀랍고 또 놀라웠다.

'컨디션도 좋겠지.'

고작 영석보다 하루 더 쉰 것뿐이지만, 호주 오픈에서 세레나와의 결승 후에 길다면 긴 휴식 시간을 가진 만큼, 지금 진희의 몸 상태는 최고조에 달해 있다.

플로리다에서도 명백히 영석보다 빠르게 컨디션을 회복했었던 진희였기에, 지금의 컨디션은 분명 최상의 상태에 가까웠다.

하지만 영석은 쓰디쓴 미소를 입꼬리에 달고 있을 뿐이었다.

지금부터 2시간가량은 진희에게 지옥이 펼쳐질 테니 말이다.

'아니, 두 시간이나 걸릴까? 1시간이면……'

그걸 모르는 진희는 천진하게 최영태에게 물었다.

"코치님, 몸 다 풀었어요~!! 이제 뭐 해요? 박스 볼? 시합? 아, 혜수 언니. 히팅 파트너는 구하셨어요? 400m달리기부터 해야 하나?"

귀엽기까지 한 그 모습을 덤덤한 눈으로 바라본 최영태가 나지막하게 말을 뱉었다.

"오전에 시합 한 번. 오후에 시합 한 번. 각 3세트 경기."

그 말에 진희는 눈을 반짝였다.

"누구랑요? 아, 에넹이랑 연습 시합 했으면 좋겠다."

대회가 열리기 전 마음 맞는 선수들끼리 연습을 하는 경우도 상당히 많기 때문에 진희의 기대가 아예 터무니없진 않았다.

하지만 최영태는 단호하게 고개를 젓고는 사형선고 내리듯 말했다.

"이영석이랑."

"네?"

잘못 들었다는 듯, 진희는 되물었고, 최영태는 건조하게 다시 한 번 말했다.

"이영석이랑."

진희의 표정에 실금이 가기 시작했다.

*   *   *

코트에서는 때아닌 전운(戰雲)이 피어나고 있었다.

새처럼 지저귀던 진희의 얼굴은 딱딱하게 굳어 있었다.

진희의 귓가에 아득하게 퍼져 나가는 최영태의 목소리가 맴돈다.

"오늘 하루는 통째로 영석이랑 시합 한번 해봐."

"시합이요?"

진희는 납득할 수 없다는 듯 몇 번이고 되물었다.

단순히 리턴 연습을 위해 영석에게 서브를 부탁하는 것과는 차원이 다른 일이다.

호기롭게 영석에게 도전했던 과거엔, 뭔지 모를 감정을 풀어내기 위함이었지, 진짜로 자웅을 겨뤄보려는 심정은 없었다.

이미 진희는 자신이 영석과 맞상대로 이겨낼 수 없다는 걸 알고 있었다.

자신이 영석 앞에서 떳떳할 수 있는 유일한 방법은, '커리어'였다.

"응. 네가 싫다면 어쩔 수 없는 거지만, 난 네가 영석이랑 진검승부를 벌여서 얻어낼 게 있다고 생각한다."

"……."

"참고로 인정사정 봐주는 거 없이 하라고 할 거야. 최악의 경우엔, 6 : 0, 6 : 0, 6 : 0이 될 수도 있겠지."

이쯤 되니 황당함을 떠나서 의도가 진실로 궁금해졌다.

"왜 하는 거예요?"
"넌 아직 더 잘할 수 있는 여지가 있으니까."

최영태의 결론에, 진희는 속절없이 영석과의 시합을 준비하는 수밖에 없었다.

마치 스위치가 전환된 것처럼, 최영태의 '잘할 수 있는 여지가 있다'는 한마디에 사고 체계가 뒤집어졌다.

'나라고… 언제까지 이렇게 있을 순 없지…….'

영석은 진희에게 극복해야 할 벽임과 동시에, 따뜻한 태양이었다.

나이도 한 살 더 많으면서 일방적으로 의지하며 보냈던 세월이 늘 아쉽게 느껴졌었다.

이런 진희에게 '발전'이라는 키워드는 도무지 거절할 수 없는 유혹이 되었다.

스윽—

다소 가벼웠던 몸짓과 톡톡 튀는 발랄함이 사라졌다.

서늘한 눈빛, 마치 기계와도 같이 영석을 바라보는 진희는… 벌써 전투 준비가 끝나 있었다.

"……."

영석은 그런 진희를 보며 조금은 슬픈 표정을 지었다.

'이겨낼 수 있을까?'

진희에게 도움이 되는 일이라면, 영석은 어떤 일이든 할 수 있다는 자신이 있었다.

그러나 지금만큼은, 자신감을 가졌던 자신을 믿을 수가 없었다.

쾅!!!

지금에 와서, 이영석이라는 선수를 설명할 때 가장 먼저 제시되는 게 바로 서브였다.

그것도 '세계 최고'로 꼽히는 정도의 서브 말이다.

쉬익!!

벼락같은 스윙에 이어 공이 쏘아진 탄환처럼 섬뜩하면서도 깨끗한 스핀을 머금고 진희에게 쏘아진다.

"……!!!"

그 강맹한 위력에 놀랐을까.

진희는 잠시 몸을 흠칫 떨더니 공을 막연하게 흘려보내고 말았다.

쿵!

"……."

"……."

매정하게 바닥을 찍고 튕겨져 나간 공이 진희의 발밑으로 굴러왔다.

서브를 날린 영석도, 리턴을 못 한 진희도 아무런 말을 하지 않았다.

양 선수의 근처에서 부심을 맡고 있는 강춘수와 강혜수 역시 침묵을 지키긴 매한가지였다.

"피프틴 러브."

오늘의 주심을 맡고 있는 최영태가 포인트를 읊더니 영석에게
말한다.

연습 시합이니만큼, 중간중간 조언을 하는 것이다.

"넌 계속 그런 서브를 날려. 오늘 퍼스트가 70% 밑으로 떨어
지면 혼난다."

"…네."

영석의 대답을 들은 최영태가 진희를 보더니 조곤조곤 설명
한다.

"내가 기대하는 건 네가 초능력을 발휘해서 저 서브를 리턴하
게 되는 게 아니다."

"그럼요?"

진희는 침착하게 물었다. 눈빛에서 탐구심과 향상심이 활활
불타오른다.

"우선 눈으로 캐치한다. 네 눈이라면 공의 솜털까지 보는 건
무리라도, 어느 방향으로 회전하고 있는지까지는 볼 수 있어야
해. 그게 네 능력이야."

"……."

최영태의 말에 진희가 고개를 갸웃한다.

230km/h를 웃도는 공의 회전을 읽을 정도라고? 그게 더 초능
력같이 느껴졌다.

차라리 눈 감고 막 휘두르다가 리턴을 하는 게 더 현실감이
높았다.

"그리고 어디라도 좋으니 라켓에 맞추기만 해봐. 기한은 이번 시합 내다. 두세 구라도 좋으니 그걸 성공하자. 그렇다고 완전히 연습이라고 생각하면 안 돼. 지금 이건 시합 형태이니만큼, 긴장감을 시합 때처럼 유지해야 한다."

"넵!"

의구심을 눌러놓은 진희는 크게 외치고 애드 코트로 가서 리턴을 준비했다.

등허리에 맺혀 있던 땀이 차게 식으며 주르륵, 주르륵 미끄러져 흘러내린다.

쾅!!

쎄에에엑!!!

영석의 서브가 다시 한 번 작렬했다.

눈으로 좇기엔, 영석의 서브는 보는 것만으로도 움찔하게 만드는 강렬함이 있었다.

제대로 집중이 되지 않았다.

'눈으로 보고 휘두르는 것보다 타이밍으로……!!!'

흑!!

영석의 라켓에 공이 맞자마자 라켓을 휘두른다는 생각으로 팔을 뻗었지만, 헛스윙을 하고 말았다. 본능적이라고 할 수 있었지만, 결국 '본능'이었을 뿐이었다.

라켓을 휘두른 타이밍이 너무 빨랐다.

"서티 러브. 진희,. 타이밍으로 간 봐서 휘두르는 건 아무런 소용이 없어. 눈으로 확인하고 몸을 움직일 수 있는, 이 알고리즘이 확실히 습관으로 자리 잡아야 해. 어떤 공에도 이 과정이 선행되어야 해. 그게 이영석의 서브여도 말이야."

최영태는 평소와 다르게 딴에는 부드러운 어조로 설명을 이었다.

'쟤 서브를 상대로 그게 가능했으면, 내가 바지 입고 ATP 나가지!!'라는 말을 목구멍으로 삼킨 진희는 들끓는 짜증을 애써 가라앉히며 집중력을 무섭게 끌어올리기 시작했다.

      *   *   *

6 : 0, 6 : 0, 6 : 0.

영석과 진희의 진검승부가 끝이 났다.

최영태의 기대 이상으로, 진희는 금방 영석의 서브에 익숙해졌다.

2세트 중간부터 적어도 10개의 서브 중 2개는 쓸 만한 리턴을 할 수 있게 된 것이다.

하지만 그게 전부였다. '봐주지 말 것'이라는 최영태의 지엄한 명령에 영석은 맥없이 날아온 진희의 리턴을 가볍게 자신의 포인트로 가져갔다.

때로는 진희가 옴짝달싹할 수도 없는 강렬한 그라운드 스트로크로, 때로는 진희의 전매특허인 칼날같이 섬뜩한 드롭샷으로… 그야말로 어른과 아이의 시합이었다.

진희의 서브 게임은 더욱더 처참했다.

200km/h가 채 안 되는 서브는 영석에게 너무나 손쉬운 먹잇감이었다.

리턴 에이스(Return ace : 리턴으로 포인트를 따는 것)의 수가 서브 에이스만큼이나 많았다.

진희의 모든 서브 게임은 다 브레이크당했다.

"……"

영석은 가슴이 조마조마했다.

행여나 진희가 울음을 터뜨릴까, 라켓을 집어 던지지는 않을까 싶어 노심초사한 것이다.

이처럼 처참한 패배를 과연 '프로'가 되고 겪어볼 일이 있을까.

'나였으면 라켓을 다 박살 냈을 거야.'

하지만 시합이 끝나고도 진희는 여전히 투쟁적인 모습을 보였다.

오히려 영석을 격려하기까지 했다.

"날 상대로 최선을 다해줘서 고마워. 이따 오후에도 한 번 더 부탁해."

그러고는 시합을 영상으로 찍어놓은 카메라를 들고 벤치에 앉아 꼼짝도 하지 않으며 영상을 보기 시작했다.

최영태가 진희에게 다가가 하나하나 섬세한 조언을 늘어놓기 시작한다.

진희는 별빛처럼 반짝이는 눈빛으로 최영태의 조언을 하나하나 흡수하기 시작했다.

툭—

그 모습을 멍하니 보고 있는 영석의 어깨에 수건이 하나 놓였다.

강춘수였다.

"수고하셨습니다."

영석이 쓰게 웃으며 답했다.

"수고는요. 그것보다 진희가 기죽지 않아 보여서 다행이네요. 아니면… 내심 울고 있으려나?"

"……."

같은 새내기 프로인데, 모두의 관심이 진희에게로 쏠린 걸 마뜩잖아할 수도 있다는 판단에 적당한 격려의 말을 찾던 강춘수는 지금 이 순간에도 진희의 걱정을 하는 영석을 보며 아무런 말을 하지 못했다. 잘게 떨리는 동공만이 강춘수의 심정을 대변할 뿐이었다.

'도대체… 그릇이 얼마나 크길래……'

"……?"

수건으로 얼굴을 한번 훑은 영석은, 마땅히 들렸어야 할 대꾸가 들리지 않자 몸을 돌려 강춘수를 봤다.

그러곤 피식 웃었다.

"제 걱정은 하지 마요. 저는 저 나름대로 한계를 지우기 위해 노력 중이니까요."

"어떤 노력… 입니까."

못내 궁금했는지, 강춘수는 답지 않게 캐물었다.

영석은 총기가 가득한 눈빛으로 답했다.

쏟아지는 눈빛에 강춘수는 자신의 눈이 멀어버리는 건 아닌지 걱정을 할 정도였다.

"제 서브의 최고 속도가 몇이었죠?"

"238.4km/h입니다."

강춘수는 역시 영석과 진희에 관한 모든 정보를 입력시키고 있었다.

"235 정도로 알고 있었는데… 조금 더 빨랐네요. 지금까진… 240 이상은 무리라고 생각하고 코스랑 미세한 속도 조절에 신경을 썼습니다. 아직 제 몸은 10대인데 말이죠."

강춘수는 순간적으로 팔과 허리에 돋는 닭살을 느꼈다.

'그래, 10대였지.'

침착하고 노련하다.

부침이 없는 강인한 멘탈은 둘째 치고, 무엇보다 실로 대단한 업적을 쌓아왔다.

나이를 인지하고 있으면서도 무심코 20대 중후반의 사람을 상대하는 것 같아 절로 공손해지게끔 된다.

"발도 '이 정도면 됐다'고 여겼습니다. 근력도 '더 강해질 수 있을까'라는 의문이 들었습니다. 테니스에 필요한 모든 능력이 차고 넘친다고… 명백히 나는 최고조에 올라 있다고 무심코 믿고 말았습니다."

"……."

한 번 숨을 내쉰 영석이 말을 이었다.

"나는, 지금보다 모든 면에서 발전할 수 있습니다. 목표로 할 선수가 없고, 기준이 없다면… 상상하면 되죠. 240km/h를 80%의 확률로 꽂아 넣을 수 있는 서브 능력, 라켓을 들고 25미터를 3초 내로 '늘' 뛸 수 있는 각력(脚力)과 체력, 하나의 폼으로 수십 가지의 코스로 공을 뿌릴 수 있는 터치 감각… 달성해야 할 게 너무 많군요."

언급된 것들 중 한 가지만 갖고 있어도 톱 플레이어로 이름을 남길 수 있는 것들을, 영석은 대수롭지 않다는 듯 줄줄 읊었다.

"가능… 할까요?"

강춘수는 영석이 자아내는 비현실적인 분위기에 무심코 의구심을 드러내고야 말았다.

"가능합니다. 저라면."

답을 하는 영석의 주변으로 아우라가 일렁이는 것 같은 기분이 든다.

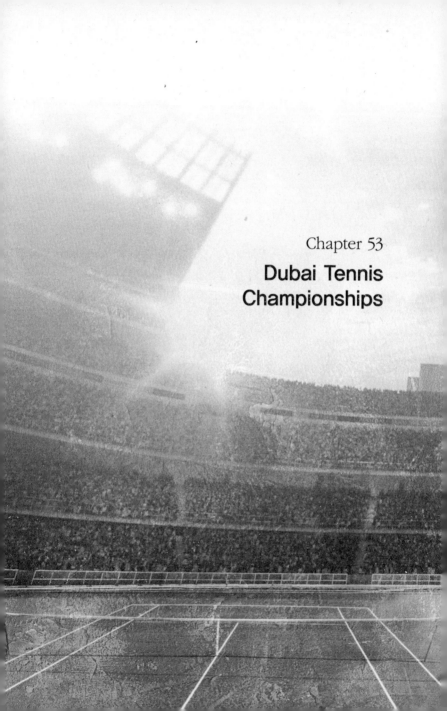

Chapter 53

Dubai Tennis
Championships

펑!!

쏘아져 나가는 공을 보는 영석의 표정이 기이하다.

괴로운 듯하면서도 희열이 슬금 엿보였다.

'수만 번을 쳤었는데… 신기하군.'

자기 자신보다 소중히 여기는 진희가 상대여도, 영석은 네트 너머의 모든 것들에 대해 신경 쓰지 않았다. 아니, 신경을 쓰지 못했다. 신경을 쓰는 순간, 자신의 마음을 가다듬을 수 없을 것 같다는 강렬한 예감이 들었기 때문이다.

영석이 할 수 있는 건, 공이 오면 오는 대로 몸의 모든 감각을 일깨워 한 구 한 구를 처리하는 것뿐이었다.

그러자, 진희에 대한 염려가 점점 희미해졌다. 그리고 자신의 몸을 관조하는 것에 온 신경이 쏟아져 들어갔다.

일체유심조(一切唯心造).

지난날과 오늘의 차이는 마음가짐 하나뿐인데, 변한 것은 '전부'였다.

"……."

얼마나 정신을 집중했는지, 땀 한 방울 안 흘리고도 공을 치고 나면 정신이 잠시 아찔해질 정도였다. 정신적인 피로도가 상상을 초월한다는 뜻.

네트 너머 분한 듯 우두커니 서 있는 진희의 형체가 흐릿하게 변한다.

그리고 그 모습은… 영석의 기대감을 충족시켜 줄 수 있는 선수로 변했다.

'하…….'

착시인 것을 영석 본인도 알고 있었지만, 절로 웃음이 났다.

이번 두바이 오픈 최고의 기대는 바로 그를 만나는 것이다.

Roger Federer를 말이다.

그렇게 영석과 진희는 엄청난 밀도의 시합을 며칠에 걸쳐 수차례나 강행했다.

영석은 한결같이 무자비했다.

아니, 강춘수와의 대화에서 나타났듯, 영석은 남들이 상상을 못 하는 영역을 꿈꾸고 있었다.

어떻게 보면 집중하기 힘들 만큼 격차가 큰 진희와의 시합에서, 영석의 움직임은 하나하나에 스며든 의지가 컸다.

'내가 무엇을 상상하든, 그 이상.'

한편, 진희는 점점 절벽 끝으로 밀려나는 기분을 느꼈다.

향상심과 투쟁심은 거듭된 패배로 희미하게 옅어졌다. 지금에 와서는, 그야말로 헛된 저항을 공허한 몸부림을 통해 보이는 것에 불과했다.

이틀 동안 네 번의 시합이 총 12세트로 진행됐다.

진희는… 한 세트도 가져온 적이 없다. 두 게임 정도는 가져가 봤다. 6 : 1, 6 : 0, 6 : 1로 질 때 말이다.

그것도 영석의 공이 아웃된 게 두 번, 더블폴트가 세 번이나 적용돼서 생긴 비루한 결과였다.

"……."

진희는 아득한 절망감의 파편을 훔쳐본 기분이었다.

그리고 자기 자신의 무력함에 처절한 분노를 느꼈다.

세레나와의 시합은 비교할 수도 없는, 깊은 무력감이었기 때문이다.

자존감이 떨어지다 못해 스스로가 과연 '프로'가 맞는지 의문이 들었다.

영석에게 자신은, 어린애였다. 실력으로도, 정신적으로도.

그것이 진희를 명백한 '이상 상태'로 만들었다.

2003년 02월 17일.

두바이 오픈이 시작되었다.

17일부터 22일까지 총 6일 동안, 여자 단식이 진행된다.

"진희야……."

경기를 앞둔 진희를 애타게 바라보는 영석의 눈에 격랑(激浪)이 깃든다.

까맣게 내려앉은 눈 밑의 음영이 질척한 느낌을 준다.

자주 물어뜯었는지, 옅은 분홍빛의 탐스러웠던 입술은 곳곳이 시뻘겋게 멍들어 있었다.

칙칙한 기운이 윤택했던 피부의 투명도를 해친, 피로감이 가득한 모습의 진희는 힐끗 영석을 바라보기만 했다.

식욕은 있었는지, 아니면 '먹는 것도 의무'라는 프로 정신이 있었는지는 모른다.

다만 다행히도 살과 근육이 빠진 모습은 아니었다.

"응?"

진희는 대답을 하고는, 영석에게로 걸어갔다.

평상시의 걸음이었지만, 영석의 눈엔 위태위태해 보였다.

와락—

영석은 두 발자국 정도 마중을 나가 진희를 품에 안았다.

진희는 저항하지 않고 도리어 팔을 쭉 뻗어 영석의 머리를 쓰다듬었다.

"괜찮아. 잘하고 올게."

역으로 위로하는 진희의 모습이 낯설 정도로 의연해 보여서, 영석은 그냥 멍하니 있었다.

그렇게 진희는 세레나와 영석에게 당한 연속적인 패배 이후, 다시금 전진하기 위해 코트로 나아갔다.

진희는 영석과 마찬가지로 이번 대회 3번 시드를 받았다.

WTA 티어 II에 해당하며, 32강전부터 시작하는 이 대회의 본

선 진출자는 시드 배정자를 포함하여 총 스물여덟 명이었고, 상위 시드 네 명은 1라운드를 부전승으로 넘어가게 됐다.

진희와 호주 오픈에서 접전을 펼쳤던 쥐스틴 에냉, 2001년 세계 랭킹 1위에 빛나는 제니퍼 카프리아티(Jennifer Capriati), 호주 오픈 준우승자 진희, 그리고 경기 중 불의의 습격을 받아 전 세계적인 이슈가 되었던 모니카 셀레스가 부전승으로 진출한 선수들이었다.

결론적으로, 진희는 16강… 즉 2라운드부터 시작하면 되었다.

단 네 번만 이기면 우승인 것이다.

"진희… 잘할 거다."

영석을 비롯해 관중석에 앉아 있는 최영태, 강춘수, 강혜수는 기묘한 두근거림을 느꼈다.

전례가 없을 정도로 우중충한 모습을 일관한 진희의 모습에서 굉장한 낯섦을 느낀 것이다. 영석 또한 마찬가지였다.

최영태가 확신을 담아 영석의 머리를 쓰다듬으며 걱정을 덜어주기 위해 말을 건넸지만, 영석의 얼굴도 딱딱하게 굳어 있었다.

"잘해야죠. 이처럼 크나큰 도박이었는데……."

영석의 중얼거림엔 본인에 대한 질책과 최영태에 대한 얄팍한 저항심이 있었다.

최영태는 제자의 투정에 쓰게 웃으며 고개를 끄덕였다.

"진희한테 요 며칠처럼 신경을 크게 쓴 적이 있나 싶을 정도로, 가장 많은 걱정을 했었어. 그리고 내린 결론은… 진희는 우리의 기대 이상을 실현할 것이라는 것이다."

"제발 그렇게 되길… 바랍니다."

영석은 마른침을 삼키고 몸을 풀고 있는 진희를 뚫어져라 응시했다.

*　　　　*　　　　*

16강, 2라운드.

진희의 상대는 프란체스카 스키아보네(Francesca Schiavone)라는 선수였다.

"……."

160대의 작은 키와 우람하게 벌어진 어깨, 지방의 흔적을 찾아볼 수 없는 상반신의 근육들이 작은 바위를 떠오르게 한다.

가볍게 휘두르는 원 핸드 백핸드의 스윙을 보고 있자니 얼굴은 흐릿하게나마 기억이 날 것도 같았다. 영석은 미간을 찌푸리면서까지 기억을 더듬었고, 이내 떠오른 하나의 사실을 끄집어내는 것에 성공했다.

'프랑스 오픈……!! 언제였지? 우승했었는데…….'

세계 랭킹 1위를 찍진 못했지만, 분명히 메이저 대회 중 한 곳에서는 우승컵을 들어 올렸던 선수다. 영석 자신이 20대 때 봤던 일이라 어렴풋이나마 기억하는 것에 성공했다.

─메이저 단식에서 우승한 최초의 이탈리아 여자 선수.

당시 우승 기사에서 가장 인상 깊었던 구절이다.

'이탈리아 여자 선수가 지금까지 한 번도 메이저에서 우승을 못 했다고?'라는 새로운 사실을 알게 됐던 터라 뇌리에 흔적이라도 남길 수 있던 선수다.

홍!

휘두르는 원 핸드 백핸드 스윙에서 자신감과 패기가 묻어나는 20대의 이 선수를 보자니 자연스럽게 에냉이 떠올랐다.

작은 키, 다부진 체형, 시원한 원 핸드 백핸드 스윙… 이 모든 것들이 에냉의 하위 호환처럼 느껴졌다.

'진희는 에냉을 이겼고 말이지.'

부우―

영석의 상념을 가로지르며 신호음이 울렸고, 두 선수는 시합의 시작을 위해 네트로 모였다.

*　　　　*　　　　*

"우왁! 흐~!!"

독특한 기합과 함께 스키아보네의 서브가 시작됐다.

퉁!! 하는 소리와 함께 공은 진희에게 그저 그런 속도로 날아갔다.

'어?'

진희는 순간 자신이 보인 신체적 반응 중, 서너 가지의 동작을 캔슬해야 하는지 고민했다.

스플릿 스텝을 밟는 타이밍도 미묘하게 빨랐고, 기둥 역할을 하는 오른발의 묵직한 스텝도 빨랐다. 크게 테이크 백 한 오른팔이 민망하게 공을 기다리고 있었다.

쿵!

공이 바닥에 찍히고 튀어 올랐다.

키가 작은 선수답게, 큰 바운드보단 마치 공이 눌리기라도 한 듯, 낮게 깔리며 쏘아지는 서브를 구사했다.

움찔—

오른팔이 움찔하기 전에 발끝에서부터 반사적으로 움직임이 시작되었다.

'타이밍이 너무 빨라! 타점도 너무 낮고!'

진희는 부지불식간에 벌어진 자신의 반응을 최대한 억제하며 집중을 했다.

쉬이익—

그러나 팔은 쏜살같이 앞을 향해 뻗어갔고, 라켓은 공과 키스를 하기 직전까지 나아갔다.

유일하게 맞춘 건, 타점 단 하나였다.

펑!!!

뇌성(雷聲)이 울리는 듯한 타구음과 함께 진희의 라켓을 떠난 공이 스키아보네의 서브보다도 빠르게 뻗어갔다.

쿵!!

"아웃!!"

공은 어림도 없을 정도로 라인을 벗어났고, 부심은 아웃을 선언했다.

진희는 라켓의 스트링을 살짝 긁어내리며 애드 코트로 걸어갔다.

'뭐지……?'

그리고 스키아보네의 떨리는 시선도 진희에게 고정되었다.

'뭐지……?'라는 표정으로 말이다.

자신의 반응이 미묘하게 빠르다는 걸 인지한 진희는 단 한 번의 실수로 족하다는 듯, 첫 번째 스키아보네의 서브 게임을 허무하리만치 쉽게 브레이크하는 것에 성공했다.

스스로도 놀라운지, 진희는 어안이 벙벙한 상태로 자신의 서브 게임을 준비했다.

'공이 너무 느려… 어떻게 저런 공으로 프로가 됐지?'

상대가 상처 입을 만한 과격한 생각까지 하게 된 진희는 무심코 깨닫고 말았다.

'요 며칠 영석이랑 시합해서… 그런 건가……'

확실히 지금의 현상은 그것이 아니면 설명이 불가능하다.

하루 종일, 며칠씩이나 잔혹할 정도의 수준 차이를 보이며 계속해서 시합했던 상대인 영석에 비교하면 그 어떤 여자 선수가 와도 진희의 눈에는 가소롭게 보일 것이다.

'그래도 그건 내 실력이 올라가는 건 아닌데?'

합리적인 의심.

진희는 지금 자신이 겪고 있는 상황에 대해 비교적 침착하게 분석을 하기 시작했다.

'…내 스트로크가 며칠 만에 강해질 리도 없고, 크게 차이를 보일 이유도 없어. 저 선수가 못하는 건가? 아냐, 그래도 같은 프로인데… 그럴 리는 없어……'

획—

걸어가는 사이 볼키즈가 공을 네 개 가져다주었다. 진희는 공을 골라내는 한편, 계속해서 의문을 이어갔다.

"…무거운 모래주머니를 발목에 차다가 벗은… 그런 건가요?"

당연히 이 이상 상황에 대한 것은 영석과 최영태의 눈에 포착되었다.

최영태는 한결 편해진 얼굴로 말했다.

"물론, 크게 보자면 그런 거다. 다만 부하를 걸었던 영역이 달라."

"……"

영석이 계속 설명해 달라는 눈빛을 보냈다.

"진희에게 끊임없이 가해진 건, 정신적인 영역에서의 부하야. 이상향, 이길 수 없는 존재. 그럼에도 불구하고 한 가닥 발악을 해보고 싶은 존재와의 시합이 계속되었고, 끊임없이 학대받던 정신이 지금에서야 해방감을 느끼는 거지."

"……"

영석의 미간에 골이 깊게 패었다.

최영태의 단어 선택이 조금 자극적이었기 때문이다.

하지만 최영태는 개의치 않았다.

"영석이 네가 진희에게 그런 존재가 되는 거야. 아무리 멘탈이 좋아도, 그 정도로 격차가 큰 시합을 계속하는 건, 분명히 진희의 자존감에 큰 상처를 줄 수 있어. 하지만 진희는 치명상을 입고도 칼을 휘두를 수 있었지. 왜? 상대가 너기 때문에. 너라면 자신의 바닥을 서슴지 않고 보여줄 수 있기 때문에."

"…슬픈 것 같기도, 좋은 것 같기도 하네요."

설익은 비애(悲哀)가 영석의 입가를 끌어 내린다.

최영태는 진희에게서 눈을 떼 영석을 곧게 바라보며 말했다.

"좋은 거야. 아니, 오히려 선수에겐 행운이지. 자신에게 이상적인 선수가 이처럼 늘 곁에 있을 수 있다는 것… 그 이상 가는 행복이 어디 있겠어? 나는 앞으로도 너와 진희의 시합을 계속 강행할 거야. 너는 너대로, 진희는 진희대로 이 시합들로 얻어낼 것이 분명히 있어."

"……"

영석은 '제가 얻을 수 있는 건 뭘까요?'라는 말을 삼키며 가만히 침묵했다.

최영태는 진중하게 영석을 향해 조언을 했다.

"잘 들어. 너도, 진희도 프로야. 실력이 좋아서 빠르게 올라갔을 뿐이지, 너희의 내면적인 성숙과 그로 인한 성장은 아직 시작도 안 했어. 너흰 앞으로도 많은 변화와, 시험대를 겪어야 해. 그게 '먹고사는 것'을 눈앞에 둔 사람에게 주어진 의무이자 권리야."

"…넵."

영석은 크게 고개를 주억이며 진희에게로 시선을 돌렸다.

"흡!!"

펑!!!

마침, 진희의 첫 서브가 터졌다.

스키아보네의 서브와 비교하면 준수했지만, 지금까지 진희가 선보였던 서브와 별반 다르지 않았다.

"서브는… 아직도 멀었군요."

"……"

최영태는 그 말에 어울리지 않게 머리를 긁적였다.

*   *   *

시합은 일방적인 양상으로 전개됐다.

펑!!!

포핸드 백핸드 가리지 않고 진희의 스윙이 힘차게 펼쳐졌다.

쐐엑 소리를 내며 공이 사정없이 공간을 찌른다.

때로는 오픈 스페이스, 때로는 발밑, 때로는 짧은 공… 진희의
그라운드 스트로크는 그야말로 팔색조같이 다채롭게 코트를 수
놓았다.

미묘한 타점 조절을 한 가지의 폼으로 이뤄내고, 그 위력 또
한 경시하지 못할 정도로 강맹했다. 몸의 탄력이 넘치다 보니 공
까지 마치 살아 있는 것처럼 포악하게 느껴졌다.

"합!!"

펑!!!

다시 한 번 맑은 기합과 함께 공이 터지는 소리가 들린다.

공을 넘기며 한 포인트, 한 포인트를 설계함에 있어 전형적인
루트를 따르지 않는다. 상대방이 역동작에 걸리든, 쉽게 받아내
든, 진희는 신경 쓰지 않았다. 그야말로 제멋대로, 중구난방식의
공이 스키아보네를 아득하게 만들었다.

"……!"

하드 코트인 두바이 오픈의 코트는 이내 스키아보네의 뜀박질
소리로 가득했다.

침묵이 감도는 코트에는 끽, 끽—거리는 마찰음이 한가득이었다.

'…이거 꽤 위험한데? 기분이 좋으려고 하잖아?!'

진희는 악동 같은 미소를 머금고 스키아보네가 열심히 뛰어다니게끔 만들며 그걸 즐겼다.

영석에게 아무런 저항을 하지 못했던 것의 보상 심리인지, 진희는 다소 악의적이기까지 한 전개를 보였다.

특히 강맹한 그라운드 스트로크 후에 농락하듯 펼치는 드롭샷을 자주 구사했는데, 스키아보네는 번번이 진희의 드롭샷으로 인해 포인트를 잃었다.

여자 선수는 대체적으로 좌우의 움직임보다 앞뒤의 움직임에 약하다. 공을 짧게 떨어뜨리며 앞으로 쏟아져 나오는 진희를 제외하면 말이다.

"…갖고 노네요."

영석이 전에 없는 활기를 보이며 코트를 행복하게 뛰어다니는 진희를 멍하니 보며 뇌까렸다.

"…그러네. 아주 신나셨구나."

최영태는 마음에 들지 않는다는 듯, 인상을 찌푸렸다. 한편으로는 진희의 심정을 이해한다는 듯, 어조에는 날이 서 있지 않았다.

펑!!

"아자!!!"

사악한(?) 진희는 공에 미묘한 강약 조절과 스핀의 조절로 스키아보네를 코트 한쪽으로 몰아넣고는 느닷없이 달려 나가 네트

앞에서 크게 빈 공간을 향해 발리를 댔다. 소름 끼치게 매끄럽고, 일체의 낭비가 없어 미끈한 느낌을 주는 움직임이었다.

'진희를 보면… 가끔 페더러를 보는 것 같단 말이지……'

영석의 상념과 함께 쿵. 툭 툭……. 공이 구르는 소리가 고요하게 들렸다.

노랗게 보일 정도로 밝은 형광색의 공이 진희의 기운을 받았는지, 힘차게 땅을 구르며 2라운드의 끝을 알렸다.

6 : 1, 6 : 0.

압도적인 스코어였다.

*　　　　　*　　　　　*

"한 세트만 해줘!"

진희는 시합이 끝나고 영석에게 달라붙어 애교를 부렸다.

2세트를 내리 압도적인 스코어로 이겨서 시합 시간은 1시간도 걸리지 않았다.

진희는 쾌락이 도중에 끊겨서 안달이 난 상태다.

얼굴과 팔에 맺혀 있는 땀방울의 점성이 한없이 낮고, 근육은 아직 크게 부풀어 오르지도 않았다.

명명백백하게 쌩쌩한 상태.

"뛴 게 뛴 거 같지 않아!"

해방감으로 인한 가벼운 흥분 상태가 쉬이 가라앉지 않은 모양인지, 거뭇했던 얼굴이 해사하게 빛나고 있었다. 눈에는 총기가 금성처럼 반짝이고 있었다. 스무 살의 모습에서 아이 때의 천

진난만한 모습이 엿보인다.

　요 며칠 보였던 우울함과 절망의 파편이 거짓말인 것처럼, 지금의 진희는 기쁨을 가득 머금고 있었다.

　그 편차가 너무나 커서 섬뜩할 지경이었다.

　그게 이상하게도 영석에겐 가슴이 아프게 느껴졌다.

　"…나야 상관없는데……."

　상관이 없을 뿐이겠는가. 하루 종일이라도 어울려 줄 용의가 있다.

　'진희는 아직 더 움직여도 될 것 같긴 한데…….'

　영석은 힐끗 최영태를 바라봤다.

　최영태는 난처한 기색으로 진희의 몸을 살폈다.

　"이리 와봐."

　최영태의 부름에 진희가 쪼르르 걸어왔다.

　최영태는 진희의 손가락부터 어깨까지 가볍게 마사지하기 시작했다. 특히 팔꿈치와 손목, 어깨 등 관절 부위를 꼼꼼하게 체크했다.

　진희는 간지러웠는지, 연신 꺄하하거리며 웃었다.

　'시끄러', '간지럽잖아요!'의 대화가 콩트처럼 반복되었다.

　잠시간 진희의 몸을 점검한 최영태가 진희의 몸에서 손을 떼며 말했다.

　"…네 말대로 한 세트만 하자. 단, 진희 너부터 서브를 하자."

　"넵!!"

　진희는 기운차게 대답하고는 영석에게 달려가 영석이 몸을 푸는 것을 도왔다.

"다치면 안 되니까! 몸은 확실하게 풀어야 해."

"……"

영석은 쓰디쓴 미소를 머금을 뿐이었다.

"역시… 세상은 만만한 게 아니야……."

조용히 중얼거린 진희가 풀썩 주저앉아 힘없이 중얼거렸다.

6 : 0.

스키아보네를 괴롭혔던 잔혹한 스코어는 그대로 진희에게 이어졌다.

진희의 얼굴에서 웃음이 사라지기까진, 10초면 되었다.

펑! 하는 소리와 함께 진희의 서브가 꽂혔었다.

가벼운 흥분이 꽤나 신체에 긍정적인 영향을 주었는지, 위력이 아주 조금은 더 나았다.

하지만…….

쾅!!!

자신의 서브만큼 빠르게 되돌아온 영석의 자비가 없는 리턴에, 진희는 안간힘을 써서 팔을 쭉 뻗었다.

간신히 공에 맞추는 것에 성공했는지, 퉁! 하는 소리와 함께 공은 두둥실 떠서 네트를 넘어갔다.

그리고… 영석은 공중에 붕 떠서 그 공을 내리쬤었다. 그 모습이 얼마나 상식적이지 않았는지, 마치 공중에서 유영하는 것 같이 느껴졌다.

쿵. 툭, 툭…….

그 뒤로 또다시 학살에 가까운 전개가 이어졌다.

모든 포인트는 5구 이내에 끝났다. 영석의 서브 에이스가 열 개도 넘게 터졌으니, 평균으로는 3구 이내에 끝난 것이다.

연습 시합이라 진다고 해서 아무런 리스크가 없다곤 하지만, 가볍게 흥분해 있던 진희에겐 올바른 처방이 되었다.

"며칠 만에 비약적으로 발전하면… 그건 인간의 영역이 아니지."

최영태가 가볍게 진희를 일으켜 세우곤 머리를 쓰다듬어 줬다. 자신보다도 커버린 진희였지만, 최영태는 힘 하나 안 들이고 벌떡 일으켜 세웠다.

다행히 진희의 안색은 나쁘지 않았다. 아니, 오히려 좋았다.

"근데 왜 2라운드에선 그렇게 쉽게 이겼죠?"

집중하고 있다는 것이 느껴지는 톤으로, 진희가 조곤조곤 물었다.

"그건 원래 네 실력이지. 그리고 아주 조금이나마 발전했다면 발전한 상태니 쉽게 이긴 거고."

"…영석이를 상대론 미미한 발전이 티가 안 난 거고요?"

"…뭐, 그렇지."

진희는 가볍게 한숨을 쉬고는 어느새 옆으로 다가온 영석의 손을 살며시 잡았다.

"그래도 매일 승부하니까 좋아요. 지기만 해서 짜증도 나지만… 말로는 전달이 안 되던 것들도 오고 가는 것 같고요. 아니, 내가 일방적으로 보내는 건가? 하하……."

그제야 영석도 빙긋 웃으며 고개를 끄덕였다.

"나도 그래."

짝.

영석과 진희가 눈으로 사랑을 나누기 시작하자, 최영태가 손뼉을 한 번 가볍게 치고는 말했다.

"진희 넌 혜수 씨 따라서 숙소로 가. 씻고, 밥 먹고, 가볍게 몸 풀어놓고 쉬어."

"넵!!"

큰 대답과 함께 진희는 금세 강혜수가 운전하는 차를 타고 숙소로 갔다.

홀로 남은 영석이 최영태를 의아하다는 눈빛으로 바라봤다.

"뭘 그렇게 봐. 넌 아직 일정에 여유 있으니까, 더 빡세게 연습해야지."

"어떤 걸요?"

영석은 진심으로 궁금하다는 듯 고개를 갸웃하며 물어봤다.

"당연한 걸 왜 물어봐. 세컨드 서브."

"……."

영석은 대번에 인정한다는 듯 고개를 끄덕였다.

최영태는 진희가 남겨놓고 간 공 하나를 주워 들고는 설명을 시작했다.

"지금 네 플랫 서브는 명백히 세계 최고 중 하나다. 속도, 성공률, 정확도, 큰 바운드… 그 누가 너처럼 완벽한 플랫 서브를 구사할 수 있을까. 로딕과 너, 그리고 한둘… 정도를 제외하면 아무도 없겠지. 스승 된 입장이지만, 라켓을 잡았던 사람으로서, 네 서브는 반칙과도 같은 재능이지. 너무 부러워."

"……."

느닷없는 칭찬이었지만, 영석은 기분이 좋다기보다 뒷말이 더욱 궁금했다.

지금부터의 영역은 과거, 테니스 휠체어에서 왕좌를 지킬 때의 경험으로도 아우를 수 없기 때문이다.

"문제는 '익숙함'이다. 이제 세대교체가 이루어지기 시작하니, 애거시를 비롯해서 샘프라스의 서브를 겪은 선수들을 제외한 젊은 선수들은 네 것과 같은 서브를 받아낸 경험이 없지. 그들이 네 서브를 못 받는 것은, 네 서브의 탁월함도 있겠지만, 겪어본 적이 없다는 이유도 한몫한다."

영석은 고개를 끄덕이며 설명을 재촉했다.

"어차피 대회의 대부분은 톱 플레이어들의 만남과 만남이 지속되는 무대일 뿐이야. 톱 10 안에 들 정도의 선수들은… 네 서브에 익숙해지기 시작하면, 받아낼 거다. 그들의 재능과 실력이라면 충분히 가능해. 서브를 빠르게 못 친다고 해서, 빠른 서브를 못 받는다는 논리는 말이 안 돼. 앞으로 네가 몇 년이고 선수 생활을 이어간다면, 이는 명약관화(明若觀火)한 일이야."

"음……."

영석은 침음을 흘렸다.

'맞는 말이야……. 빅4 중에 서브가 장점인 선수는 한 명도 없었지. 그래도 그들은… 정점을 찍었어.'

앞으로 출현할 대적들을 상기한다면 최영태의 말은 정말이지, 폐부를 깊게 찌르는 말이 된다.

"물론, 난 네 장점이 서브 하나라고 생각하지 않아. 오히려 서브는 얼마 전에야 꽃을 피운 것뿐이야. 숙련도로 따지면… 제일

낮다."

최영태는 영석의 등을 툭툭 두드렸다.

"오히려 네 다른 능력이 더 뛰어나. 다만, 서브는 테니스에서 가장 중요하다. 그런 만큼, 플랫 서브를 포함해서 다른 무기들도 한두 개 정도는 갈고닦아야 해. 예를 들면… 리턴이 장기인 선수에게도 통할 스핀 서브라든지."

"…네. 안 그래도 필요하다고는 느꼈어요."

영석의 대답이 마음에 들었는지, 최영태는 크게 고개를 끄덕이고는 조금 떨어져서 서 있던 강춘수에게 부탁했다.

"춘수 씨. 영석이 바로 뒤에 삼각대 하나 세워놓고 동영상 촬영이 되게끔 해주세요."

"알겠습니다."

그렇게 영석은 끊임없이 자신의 발전을 위해 단련에 단련을 거듭했다.

*   *   *

진희는 3회전에선 조금 다른 모습을 보여줬다.

자신의 실력이 크게 향상된 건 아니라는 사실을 깨달은 순간, 너무 들뜰 필요는 없다고 판단한 것이다.

그리고… 안색을 굳히고 화려한 몸짓으로 코트를 누비는 진희는 더더욱 무서웠다.

펑!!

진희의 서브가 작렬하자, 170㎝ 정도 되는 상대 선수가 힘껏 팔을 휘둘러 리턴을 한다.

펑!!

쏟아지는 공의 위력은 대단했다.

여전히 진희의 서브는 평범했고, 그것만이 상대 선수가 노릴 수 있는 최대의 구멍이었다.

리턴이 강렬할 수밖에 없는 노릇.

끽!

하지만 진희는 감탄이 절로 나오는 움직임, 이를테면 물 흐르는 듯한 자연스러운 미끄러짐으로 공에 근접했고, 눈을 빛내며 두 손으로 잡은 라켓을 당차게 휘둘렀다.

쾅!!

순간적인 집중력으로 인해, 공은 이보다 완벽할 수 없는 스위트스폿과 충돌하며 뼈를 저리게 만드는 타구음을 내었다.

쿵!

"게임 셋 매치 원 바이……."

Iroda Tulyaganova.

2회전 상대인 우즈베키스탄 여자 선수는 6 : 1, 6 : 1로 진희에게 무릎 꿇었다.

"이번에도 무실 세트네요."

"…허."

영석과 최영태는 진희의 퍼포먼스에 입을 떡— 벌리고 있었다.

1라운드 때야 해방감이 워낙 컸다고 생각할 수 있지만, 2라운드는 1라운드와는 또 달랐다.

본인의 상태를 정확하게 인지하기 때문에, 흥분감이나 고양감이 생길 리 없기 때문이다. 지극히 평소의 실력 그대로밖에 발휘를 못 하는 상황에서, 진희는 이번에도 압도적인 차이를 보였다.

"……."

벤치에 돌아가 얼굴과 팔을 수건으로 가볍게 훑은 진희는 감정이 잘 느껴지지 않는 표정과 동작으로 짐을 쌀 뿐이었다.

압도적인 기량, 시합이 끝났음에도 낭비가 없는 몸놀림, 심지어는 감정의 찌꺼기조차 느껴지지 않았다. 그 모습이 마치 여제(女帝)와도 같아 보여 영석은 홀린 듯 진희를 바라보았다.

*　　　　　*　　　　　*

진희의 4회전, 즉 준결승전의 상대가 정해졌다.

모니카 셀레스(Monica Seles).

자신의 상대로 이 선수가 정해지자, 진희는 이번 대회 처음으로 자신보다 남에게 신경을 쓰게 되었다. 비록 시드는 낮았지만, '전설'과 붙을 거라는 생각에 온몸이 얼어붙은 것이다.

진희가 이때까지 상대해 봤던 모든 선수 중에 가장 훌륭한 커리어를 기록한 선수이니 말이다.

"'그 사건'을 당한 선수지……?"

진희의 조심스러운 어조에 영석도 심각한 얼굴로 대답했다.

"…모니카 셀레스는 위대하지. 그리고……."

중얼거리는 영석의 어조에서 크나큰 아쉬움이 느껴졌다.

저녁 식사를 마치고 이어진 티타임에서, 영석은 슬픈 어조로 설명을 시작했다.

　　　　　*　　　　　　*　　　　　*

전대미문(前代未聞).

셀레스만큼 이 단어가 어울리는 선수가 있을까.

셀레스는 89년에 데뷔하여 10년 안에 아홉 번의 메이저 대회 우승을 기록한 천재 중의 천재였다.

93년 '그' 사건이 일어나기 전에 메이저에서 여덟 번을 우승했 었으니, 이십 대 초반에 세계를 발밑에 둔 것이다. 심지어 프랑스 오픈에서 처음으로 우승했을 때의 나이는 16세였다.

겨우 16세.

그 나이에 그녀는 이미 세계 최고였다.

당시 남녀를 불문하고 큰 인기를 끌고 있던 크리스 에버트라 는 선수가 지는 해에 속하고, 여자 테니스계는 '슈테피 그라프'라 는 전설적인 독일 선수의 등장에 환호했다.

그녀가 선풍적인 인기를 얻은 이유는 미모도, 언행도, 하물며 국적 때문도 아니었다.

실력.

압도적인 기량 하나를 무기로 1988년에는 4개의 메이저 대회 를 몽땅 우승하는 것에 더해, 서울에서 열린 올림픽 테니스 여 자 단식 금메달까지 획득하여 테니스 역사상 '유일'하게 한 해에 골든 슬램을 달성한 선수가 되었다.

한 해에 4개 메이저 대회를 우승한 경우는 있지만, 올림픽까 지 포함한 경우는 처음이었던 것이다.

WTA에서 적수가 없던 세레나도 한 해에 4개의 메이저 우승은 못 해봤다.

신과 같은 위용으로 '역대 최고의 테니스 선수 중 한 명'으로 취급받는 페더러 또한 한 해에 4개의 우승조차 이루지 못했다.

슈테피 그라프.

그녀는 그야말로 제(帝)였다.

아무도 그녀에게 반기를 들지 못하며 압도당했고, 짓밟혔다.

거칠 것이 없던 그녀의 선수 생활은 고독해 보이기까지 했다.

그런데 당시 16살의 모니카 셀레스라는, 통통 튀는 소녀가 테니스계에 모습을 드러냈다.

왼손잡이의 키가 큰 소녀는, 슈테피 그라프와 접전을 펼칠 수 있는 유일무이한 선수로 떠올랐다.

89년에 등장하여 90년에 프랑스 오픈에서 16살이라는, 역대 최연소로 우승컵을 들어 올린 후, 91, 92년에는 윔블던을 제외한 나머지 세 개의 메이저 대회에서 '연속'으로 우승했다. 90, 91, 92년 이 3년 만에 7개의 메이저 우승컵을 들어 올린 것이다. 그야말로 기적 같은 행보였다.

슈테피 그라프는 이 어린 소녀에게 차츰차츰 밀리는 기색을 보였다. 실제로 91년부터는 랭킹 1위 자리를 내주게 되었다.

영예로운 자리를 내준 슈테피 그라프는 기량이 떨어졌다든지, 일신상의 사건이 이유가 아닌, 단지 모니카 셀레스에게 압도당하게 되며 '강제로' 슬럼프를 겪게 된다.

고고한 여제는 '위협을 넘어 벽이 되어가는' 상대를 용인할 수 없었던 것이다.

바야흐로 세계는 이 천재 소녀의 성공적인 혁명에 열광하게 되었다. 그야말로 전대미문(前代未聞)의 파란을 일으킨 것이다. 모니카 셀레스의 앞길엔, 꽃길만 남아 있는 것처럼 보였다.

그리고 때는 93년, 또다시 전대미문(前代未聞)한 사건이 독일 함부르크 오픈에서 일어났다.

숙명적인 라이벌 구도를 그리고 있던 슈테피 그라프와 모니카 셀레스는 이 대회에서도 대결을 펼치며 빼어난 기량을 서로에게 유감없이 발휘하고 있었다.

그리고 모니카 셀레스는 그날, 인생이 나락으로 떨어지게 되는 경험을 하게 된다.

독일에서 열리는 대회, 상대는 독일이 낳은 자랑 슈테피 그라프.

관중들의 열기는 고조되어 갔고, 한 명의 관중이 경기장에 난입하기에 이른다.

그리고 그 관중은 어이없게도 벤치에 앉아 쉬고 있던 모니카 셀레스의 등을 칼로 찔렀다.

아무런 거리낌이나 망설임 없이, 그야말로 '작정하고' 찌른 것이다.

테니스 역사상 가장 어이없고 수치스러운 사건은 이렇게 삽시간에 일어났다.

등에서 피를 콸콸 쏟아낸 모니카 셀레스는 그 자리에서 들것에 실려 가버렸다.

자신에게 무슨 일이 일어난 건지, 왜 이런 일이 일어난 건지 이해를 하지 못하던 한 소녀의 기괴한 표정은, 전 세계 테니스 팬의 가슴에 크나큰 아픔이 되었다.

그리고 그녀는 2년이란 시간을 헛되이 보냈다.

범인은 '군터 보쉬'라는 게르만 우월주의자였다.

독일의 딸 슈테피 그라프가 갑자기 튀어나온 셀레스에게 압도당하자 아예 처음부터 찌를 작정을 하고 함부르크 오픈에 관중으로 태연자약하게 앉아 있던 이 정신병자는, 어이없게도 정신병력을 이유로 집행유예로 풀려난다.

자신의 존재가 지워져 가던 공포에 억눌렸던 슈테피 그라프는, 모니카 셀레스가 사라지자 은퇴할 때까지 총 22개의 메이저 우승컵을 들어 올리며 테니스 역사상 가장 위대한 선수 중 한 명으로 남는다.

그리고 2년 후에 복귀했던 모니카 셀레스는 단 한 번의 피습으로 인해 찬란히 빛나던 천재성을 모두 잃어버리고 그저 그런 선수로 선수 생활을 이어가고 있었다. 1996년에 호주 오픈에서 우승을 딱 한 번 하고 지금까지 평이한 행보를 보이고 있다.

지금 두바이 오픈에서 진희보다 낮은 랭킹으로 인해 시드도 낮게 배부된 것을 보면, 그녀가 얼마나 많은 것을 잃었는지 알 수 있었다.

＊   ＊   ＊

진희는 자신도 얼핏 알고 있었던 사실이지만, 영석의 상세한 설명을 듣자 미간을 한껏 찌푸렸다.

"게르만 우월주의? 그딴 게 뭐라고……."

얼마나 분했는지, 눈물을 그렁그렁 매단 진희는 이를 뿌득뿌득 갔다.

숭고한 스포츠 무대에서 그처럼 비틀어진 사상에 의해 희생 당해야 했던 모니카 셀레스의 처지가 너무나 분하고… 슬펐다.

"……."

영석은 그런 진희를 물끄러미 보며 푹 잠긴 목을 긁어내더니 말을 했다.

"진희 넌……."

영석이 무얼 걱정하는지 안다는 듯, 진희가 눈물을 닦아내며 단호하게 답했다.

"최선을 다해야지. 그런데……."

"……?"

영석이 싸늘하게 식은 녹차를 한 모금 마시며 진희의 이어진 말을 기다렸다.

"우린… 동양인이잖아. 그런 미친놈들은 한둘이 아닐 테 고……. 혹시나 내가 그런 일을 당하면……."

우두두둑!!

진희의 말이 끝나기 무섭게 섬뜩한 소리가 대기를 찢어발기듯 퍼진다.

"…응?"

싸늘하게 가라앉은 목소리로 영석이 되물었다.

"……."

진희는 형편없는 몰골로 구겨진 의자의 철제 팔걸이를 떨리는 눈으로 봤다.

종이를 마구 구긴 것처럼 철 가닥들이 영석의 손아귀에서 뒤엉켜 있었다.

"걱정 마. 네 경기는 내가 빠짐없이 직접 보고 있고, 앞으로도 볼 거야. 그런 사람 있으면……."

영석은 끝까지 말을 잇지 않았다.

언어로 형용할 수 없는 섬뜩한 말을 말이다.

"……."

태어나서 처음 마주하는 영석의 살기에, 진희는 심장이 빠르게 뛰는 걸 느꼈다.

공포심과 동시에, 웃기게도 안도감이 들었다.

영석은 무저갱처럼 가라앉은 눈빛으로 단호하게 말했다.

"그런 거 신경 쓰지 마. 진희 넌 늘 하던 대로 시합에만 집중해."

"…응, 믿을게."

*　　　　　*　　　　　*

준결승의 날이 밝았다.

가볍게 몸을 푼 진희는 코트에 들어와 자신의 옆에서 몸을 풀고 있는 모니카 셀레스를 떨리는 눈으로 봤다.

반짝반짝 빛났을 것이 분명한 그녀의 눈빛이 까맣게 죽어 있는 것처럼 보였다.

'어제 그 얘기를 들어서… 그렇게 보이는 걸지도…….'

빠르게 마음을 가다듬은 진희는 관중석을 한번 훑었다.

"……."

여느 때와 마찬가지로 침착한 모습으로 꼿꼿하게 허리를 편 자세로 앉아 있는 영석의 모습을 보니, 마음이 차분하게 가라앉았다.

'그건 그거. 시합은 시합.'

자신에게 최면을 걸 듯, 끊임없이 속으로 중얼거린 진희는 주심의 지시에 따라 시합을 시작하기 위해 네트 앞에 섰다.

서브는 진희부터 시작하게 되었다.

가볍게 비튼 몸을 풀어내며 토스된 공을 사정없이 강하게 치는, 진희 특유의 콤팩트한 서브가 터졌다.

펑!!

쉬이익―

왼손잡이인지, 왼손으로 라켓을 들고 있던 셀레스는 자신의 좌측, 즉 포핸드로 짓쳐 드는 공을 보며 눈을 번쩍였다.

쉭! 펑!!

대기를 가르는 소리가 짧게 울리고, 공이 탄력 있는 느낌으로 쏘아져 왔다.

'진짜 저렇게 치는구나……'

셀레스의 스윙은 보편적이지 않았다.

포핸드임에도 양손을 이용해서 라켓을 휘둘렀다는 것이 바로 보편적이지 않은 모습이었다.

통칭 '양손 포핸드'라고 일컫는 스윙이었다.

대부분의 선수들은 포핸드를 한 손으로 치고, 백핸드는 취향에 따라 한 손으로, 혹은 양손으로 친다. 테니스라는 종목이 세상에 알려지고, 오랜 기간 동안 온갖 시행착오를 거쳐 현재 최종적으로 확립된 체계인 것이다. 한 손과 양손의 차이는 세세하게 따지자면 정말 많지만, 크게 특징을 짓자면 다음과 같다.

―한 손은 반경이 길고 공이 강하지만, 불안정하다.

―양손은 반경이 짧지만, 안정적이다. 공의 위력도 강하다.

그렇다면 왜 양손으로 포핸드를 치는 선수들의 수는 줄었을까.

답은 간단하다. 바로 '조작성'이 그것이다.

오른손잡이를 기준으로, 한 손 포핸드를 할 경우, 선수는 그립의 가장 아랫부분을 잡는다.

이렇게 잡으면, 서브, 그라운드 스트로크, 발리 등… 시합 내내 펼쳐지는 모든 샷에 대응할 수 있다.

한 손 포핸드를 치다가 백핸드를 쳐야 되는 경우가 오면, 오른손이 잡고 있는 부분을 제외한 나머지 부분을 왼손으로 잡고 왼손으로 포핸드를 친다는 느낌으로 라켓을 휘두른다. 그게 오른손잡이의 투 핸드 백핸드다.

이렇게 선수가 라켓을 다루면 '낭비'가 최소화된다. 물론, 낭비가 아예 없는 것은 한 손 포핸드, 한 손 백핸드의 조합이다.

양손 포핸드를 친다는 것은, 양손 포핸드, 양손 백핸드를 친다는 것을 의미한다.

포핸드를 칠 때와 백핸드를 찔 때마다 매번 그립을 바꿔 잡거나, 효율적이지 않은 파지법 하나로 일관하는 수밖에 없다.

하루가 멀다 하고 공이 빨라지는 현대 테니스에서 이와 같은 선택은 분명 비합리적이라 할 수 있다.

그래서 한때 세계를 발밑에 두었던 셀레스의 이 스윙 방식이 신기한 것이다.

'왔다 갔다 할 때마다 바꿔 잡는 건가? 어디……'

진희는 공을 쫓아 몸을 던지며 단순한 계산을 끝냈다.

펑!!

양손으로 휘두르는 백핸드 스윙이 간결하게 펼쳐지고, 공은 미묘한 스핀을 머금고 스트레이트로 뻗어나갔다.

'…백핸드도 보자.'

진희의 시린 눈빛이 셀레스의 꽁무니를 좇는다.

타닷! 끽, 끽!!

몸을 놀린 셀레스는 마찬가지로 양손으로 백핸드를 구사했다.

펑!!

'스윙이 짧아……'

셀레스의 스윙은 특이했다.

팔이 쭉 펴져 있는 구간을 거의 찾아볼 수 없는 스윙이었는데, 짧아도 너무나도 짧은 궤적을 그렸다. 그리고 그에 맞춘 듯, 어마어마한 스윙 스피드로 공을 쳤다.

부족한 힘은 몸의 회전을 이용해 충당하는 방식이다.

'저렇게 휘둘러서 타점을 맞춘다고……?'

놀라울 정도로 빠르게 휘둘러진 라켓은 신기하게도 알맞은 타이밍과 장소에 공을 맞췄고, 공은 쭈욱 늘어난다는 착각이 들 듯, 빠르게 진희를 향해 돌진했다.

'흐음……. 그럼 이건……?'

칙!! 퉁!

자신의 왼쪽으로 공이 짓쳐 들자, 테이크 백 단계까지 양손으로 라켓을 잡고 있던 진희가 왼손을 도중에 놓으며 공을 깎아 내려쳤다.

미묘한 타구음과 함께 공이 낮게 깔리며 아슬아슬하게 네트를 넘어갔다.

쿵! 쉭!

공은 코트에 한 번 찍히고, 1시 방향으로 낮게 미끄러지듯 튀어 올랐다.

다다다닥!!

셀레스가 혼신을 향해 공을 쫓더니 왼손을 쭉 뻗어서 공을 긁어 올렸다.

"하압!!!"

펑!!!

맑은 기합과 함께 통쾌한 타구음이 코트를 울렸다.

'한 손으로도… 잘하네.'

평범하게 처리할 수 있는 공은 양손으로, 조금 버겁거나 급박한 상황에서는 한 손으로 포핸드를 처리하는 셀레스의 기본적인 전략을 확인한 진희가 눈을 차갑게 빛냈다.

시합은 팽팽하게 전개되고 있었다.

톱 플레이어들의 평균 정도는 되는 서브를 구사할 수 있는 진희였기에, 영석과의 시합처럼 맥없이 브레이크당하진 않았다. 아슬아슬하게나마 킵하는 것에 성공한 진희가 유독 빛났던 것은 리턴 게임이었다. 즉 셀레스의 서브 게임을 맞이할 때라는 것이다.

두바이 오픈의 앞선 상대에게도 그랬지만, 상대가 서브를 할 때의 진희는 평소의 진희와 달랐다.

펑!!

시합이 팽팽하게 진행되면서 서서히 집중하기 시작한 셸레스의 서브는 빠르고 곧았다.

하지만 진희에겐 아이들 장난처럼 느껴졌다. 하필이면 세레스는 왼손잡이다.

최근 지겹도록 겪은 영석의 공포스러운 서브가 머릿속으로 스치고 지나갔다.

그리고 무엇보다, 진희의 몸이 절절하게 기억하고 있었다.

일체의 감정이 담기지 않은 눈과 딱딱하게 굳은 표정이 서늘하다 못해 차가웠다.

'흥분하지 말자. 내 실력은 그대로야……'

스윽―

섬뜩하면서도 매끈한 움직임이 시작됐다.

테이크 백이 평소의 절반 정도밖에 되지 않았다.

셸레스의 서브 속도에 철저하게 맞아떨어지는 움직임이었다.

기묘하리만치 정확해서 너무나 자연스럽게 느껴졌다.

꾹, 꾹.

엄지발가락이 어서 힘을 위로 쏘아내고 싶은지, 신발 속에서 꿈틀거렸다.

그리고 공이 다가왔다.

쉬익―!

펑!!!

간결하면서도 우아한 스윙이 펼쳐지고, 팔로스윙 끝에 자신의 팔이 왼쪽 어깨에 닿자, 진희는 사이드 스텝으로 센터마크를 향해 몸을 놀렸다. 단순한 동작이지만, 진희의 몸에서 발현되자 화려하기 그지없었다.

'와라, 와라, 와라……'

끽, 끽!

셀레스가 공을 쫓자 진희는 제자리에서 좌우로 미세하게 스텝을 밟으며 공을 기다렸다.

쾅!!

언제 봐도 신기한 양손 포핸드가 터지고,

차륵!!

공은 네트에 박혔다.

"게임 셋, 매치 원 바이……"

심판의 선언이 이어지며 이천여 명의 관중들이 환호를 보냈다.

"으싸!"

6 : 4. 6 : 3.

세트스코어 2 : 0의 완벽한 승리.

가볍게 주먹을 쥐어 기쁨을 표출한 진희가 네트를 향해 다가오고 있는 셀레스를 마중 나갔다.

*　　　　　*　　　　　*

"무슨 얘기 했어?"

아니나 다를까.

시합이 끝나고도 어김없이 영석에게 연습 시합을 도전한 진희는 또다시 6 : 0으로 처참하게 패배하고 아쉬웠던 점을 체크하고 있었다.

영석이 다가가서 툭 물었다.

"뭘?"

"셀레스랑."

한창 최영태와 얘기를 나누고 있던 진희가 영석의 물음에 고개를 갸웃하며 생각에 빠졌다.

"아!"

생각이 났는지, 가볍게 손뼉을 친 진희는 입을 열어 우물쭈물 말을 하기 시작했다.

"오늘의 시합은 정말 영광입니다. 제가 존경하던 선수랑 이렇게 시합을 하게 됐거든요. 다음에 또 시합했으면 좋겠습니다."

진희가 상큼하게 웃으며 셀레스를 끌어안았다.

셀레스도 마주 웃으며 포옹을 했다. 라켓을 쥔 왼손으로 진희의 등을 가볍게 두드린 셀레스가 진희에게 속삭였다.

"근래 만나본 선수들과의 시합 중에 이번이 제일 재밌는 시합을 할 수 있었습니다. 다음엔 반드시 제가 이기고 싶네요."

"……."

진희는 셀레스와 떨어져 가만히 그녀의 눈을 바라보았다.

명멸(明滅)하는 빛깔처럼, 눈에서 흐릿한 빛이 드문드문 엿보였다.

진희의 생각에 불과했지만, 그 빛이 떨리는 듯 일렁이는 것도 같았다.

'대단해, 진짜 대단해. 시합을 계속하는 것만으로도 대단해.'

진희는 시합하기 전, 까맣게 잠들었던 것처럼 보였던 셀레스의 눈을 보며 감탄했다.

테니스를 하기 위해 살아가는 사람으로 보였다.

테니스라는 것을 근본적으로 사랑하지 않으면 셀레스처럼 살기 힘들다.

비단 괴한의 습격 때문은 아니었다.

2003년 현재 그녀의 국적은 미국이지만, 그녀는 세르비아(구 유고슬라비아)가 조국이다.

테러가 무서워 항공편을 예약하기보다 티케팅을 그때그때 수동으로 하며 선수 생활을 했던 그녀는, 테니스라는 종목을 끝끝내 놓지 않았다.

그리고 이렇게 진희의 준결승전 상대로 앞에 서 있는 것이다.

와락—

"……."

진희는 정확히 표현할 수 없는, 알 수 없는 감동을 느끼며 다시 셀레스를 껴안았다.

툭, 툭……

셀레스는 포근하게 웃으며 진희의 등을 두드릴 뿐이었다.

쓱쓱……

얘기를 듣던 중, 최영태가 진희의 머리를 쓰다듬었다.

영석도 빙긋 웃으며 진희를 바라보았다.

"진부하지만… 이겼는데도 뭔가 배운 기분이라는 걸 나는 처음 느껴봤어."

진희의 말에 영석은 더더욱 미소를 짙게 물들였다.

'그렇게 프로로서 살아가는 거야……'

*　　　*　　　*

2월 22일.

두바이 오픈 WTA 부문 결승전의 아침이 밝아왔다.

"에냉. 또 에냉. 에냉에냉냉냉."

진희는 아침밥을 먹으며 헛소리를 늘어놓기 시작했다.

모니카 셀레스와의 경기와는 사뭇 다른 모습이어서 영석은 크게 웃었다.

"큭큭… 이번엔 긴장 안 돼?"

빵을 여기저기 포크로 찔러대며 진희는 툴툴거렸다.

"그래도… 새로운 여자 만나면 즐겁잖아."

다소 오해할 수 있는 말을 뱉은 진희의 궁시렁에 영석은 뭐가 좋은지 계속 웃어댔고, 최영태는 눈을 찌푸리며 진희에게 뾰족한 눈빛을 쏴댔다.

"이놈의 지지배가… 결승전인데 그렇게 쭝얼쭝얼거려서 내 속을 꼭 긁어야겠어?"

"히잉……."

앓는 소리를 냈지만, 진희는 여전히 뾰로통한 얼굴이었다.

"어허!"

"알았어요~ 집중할게요! 흥!"

최영태의 호통에 진희는 늘어졌던 몸을 똑바로 세우고는 밥을 먹기 시작했다.

찡얼대는 진희도, 호통을 치는 최영태도 사실은 으레 있을 법한 긴장을 풀어내기 위해 콩트처럼 역할극을 한 것이다.

그 사실을 알고 있는 영석은 그저 웃기만 할 뿐이었다.

"또 만났네요."

에냉이 가볍게 말을 걸었다.

진희는 날씨가 좋다는 둥, 요즘 잘 지내냐는 둥 열심히 얘기를 나누었다.

에냉은 진희의 활달함에 고개를 살짝 젓고는 간결하게 말했다.

"연습해야죠."

"…그, 그렇죠."

진희는 머리를 긁적이며 자신의 벤치에서 라켓을 잡고는 손아귀에서 빙글빙글 돌려댔다.

그러고는 에냉을 향해 자신감 넘치는 미소와 함께 도발적인 멘트를 던졌다.

"준비됐죠?"

쉬익―

"으음……."

최영태의 눈은 진희와 공을 주고받고 있는 에냉에게서 떨어질

줄을 몰랐다. 자신도 모르게 침음을 흘리기까지 하면서 말이다.

스플릿 스텝을 밟고 있는 발부터 허리에 이어 최종적으로는 라켓의 궤적을 눈 한 번 깜빡이지 않고 바라보았다.

"…역시, 백핸드 하나는… 진짜 대단해요."

영석 또한 에냉의 백핸드를 눈여겨보였다.

두 남자가 진희가 아닌, 에냉을 멍한 눈으로 바라보는 모습이, 영락없이 호주 오픈 때와 똑같았다.

"나도 원 핸드로 할까……."

무심결에 최영태가 이렇게 중얼거릴 정도로, 확실히 에냉의 백핸드는 차원이 달랐다.

"……."

영석은 그 말에 퍼뜩 정신을 차리고는 최영태에게 핀잔을 줬다.

"샷된 말씀 그만하시고, 진희한테 집중합시다."

"…그래."

모처럼의 구박에 최영태는 떨어지지 않는 눈길을 거두고 진희를 바라봤다.

*　　　　*　　　　*

테니스는 한 번씩 번갈아가며 서브 게임을 가져가기 때문에 공평함에 어떠한 문제도 없다.

다만, 서브 게임을 먼저 가져가는 것은 조금 유리할 수 있다. 브레이크하는 것보다 킵하는 게 쉽기 때문에, 1 : 0으로 게임을 시작하는 것이 해당 세트를 풀어나가는 것에 용이할 수 있기 때문이다.

하지만 진희는 달랐다.

'후공후공후공······.'

공중에서 팽글팽글 춤을 추는 동전을 바라보며 주문을 외우듯이 염원했다.

"예스!"

그리고 진희는 자신의 뜻을 이루었다.

펑!!!

에냉의 서브가 터졌다.

이 조그마한 선수는 그새 또 노력을 했는지, 서브의 속도가 호주 오픈 때보다도 빠르게 느껴졌다.

'에냉 서브는··· 타점이 짜증 나.'

약 20센티미터 정도 차이가 나는 두 선수의 키 차이도 문제였지만, 에냉의 서브 자체가 많이 튀어 오르기보다는 쭉 미끄러지는 듯한 바운드를 보이는 게 진희에게 더 큰 짜증을 유발했다.

무릎을 많이 굽힌 진희가 그 자리에서 주저앉듯 풀썩 앉으며 팔을 휘둘렀다.

펑!!

자세가 많이 무너진 상태였지만, 진희의 공은 빠르고 강하게 쭉 뻗어갔다.

정확한 타이밍과 타점이 자아낸 결과였다.

다다다닥!!

끽!

스트레이트로 뻗어나간 공을 쫓아 에닝이 발을 열심히 놀린다.

그리고… 그대로 멈추지 않은 상태에서 팔을 휙 휘두른다.

쾅!!!

"……!!!"

절정의 러닝 백핸드가 펼쳐졌다. 공은 사선을 그리며 진희의 오픈 스페이스를 날카롭게 찔렀다.

그 전율에 가까운 샷, 그것도 한 손으로 이루어진 러닝 백핸드에 이 경기를 보고 있는 모두가 한숨 같은 감탄을 뱉어냈다. 사정은 영석도 마찬가지였다.

'참… 에닝은 배울 게 있는 몇 안 되는 여자 선수야…….'

놀란 것은 진희도 마찬가지였는지, 움찔거리며 한차례 몸을 들썩이더니 공을 향해 쏘아져 나갔다.

탓! 다다닥!!

숨을 폐에 머금을 새도 없이, 몸을 던져야만 했던 진희는 공을 지척에 두자 이를 앙다물었다.

'까짓것…….'

그리고 방금 전 에닝이 선보였던 러닝 백핸드를 시도했다.

물론, 양손이었지만 말이다.

쾅!!

스트레이트로 뻗어나가는 공은 에닝의 샷 못지않은 위력을 머금고 있었다.

타다다닥!!

서로가 서로의 오픈 스페이스를 한 차례씩 찌른 상태.

에닝은 다시 전속력으로 질주하는 수밖에 없었다.

끽, 끼이이이익!

러닝 포핸드로도 해결하지 못하겠다는 판단이 들었는지, 에냉은 다리를 길게 찢어 주저앉으며 손목을 이용해 공을 걷어내고자 했다.

틱!!

하지만 공은 애꿎은 라켓 테두리에 맞았을 뿐이다.

"피프틴 러브(15 : 0)."

심판의 선언과 함께 첫 포인트부터 엄청난 플레이를 보인 두 선수에게 아낌없는 박수와 환호가 쏟아졌다.

에냉과 진희의 시합은 격렬하게 진행됐다.

서로가 이미 부딪혔던 전적이 있는 상태.

장점과 단점은 물론이고, 각자가 설계해 놓은 전개가 첨예하게 갈등을 빚고 있는 것이다.

때로는 주먹으로 보자기를 이기려 애쓰기도, 보자기로 가위를 이기려 애쓰기도 한다.

쾅!!

에냉의 힘찬 포핸드가 크로스로 뻗쳐 나가 진희에게 짓쳐 든다.

눈을 빛낸 진희는 평소와는 조금 다른 스윙을 선보였다.

훙―

임팩트 순간부터 팔로스윙의 모양새가 다른 것이다.

마치 헬리콥터를 연상하는 듯한 스윙이다. 라켓이 머리 위에서 동그란 궤적을 그린다.

이것이 뜻하는 바는 간단했다.

'과도한 톱스핀.'

영석이 눈을 빛내며 진희의 몸놀림을 지켜봤다.

스트레이트로 뻗어간 공의 뒤를 쫓듯, 진희는 바로 네트로 돌진하기 시작했다.

끽, 끽.

에넹은 진희의 공이 네트를 넘기 전부터 베이스라인에서도 한참 떨어진 뒤편으로 몸을 옮겼다. 눈치 싸움이 첨예하다.

쿵!

공이 코트를 찍고 엄청난 높이로 튀어 오른다.

1미터 50센티미터 정도는 떠오른 공을 마주 보는 에넹의 눈이 차갑다.

만약 베이스라인에 머물고 있었으면 자신의 눈높이까지 튀어 오른 공을 처리하기 위해 어중간한 스윙을 할 수밖에 없었을 것이다. 그게 원 핸드 백핸드의 약점 아닌 약점이었으니 말이다.

끽, 끽!

제자리에서 잔발 스텝을 밟고 백핸드 스윙에 돌입하기 시작한 에넹의 기세가 무섭다.

잔뜩 웅크렸다가 터뜨릴 기세인 것이 명확한 상황.

이미 네트 언저리에서 몸을 살랑거리고 있던 진희는 중요한 순간이 도래했음을 깨달았다.

'스트레이트? 크로스?'

그러나 에넹은 기다려 줄 용의가 없었고, 창졸지간에 라켓은 불을 뿜었다.

쾅!!!

끽!

50%의 확률에서 오른쪽으로 몸을 던질 요량이었던 진희는 발을 멈추고 이를 악물었다.

'크로스였구나!'

쉬이이익─

포물선을 그려야 할 공이, 지금 이 순간은 곧디곧은 직선을 그리며 쭉쭉 뻗어왔다.

'무리다.'

공의 속도와 코스를 가늠해 보고 정상적인 발리는 불가능하다는 걸 인지한 진희는 왼쪽을 향해 냅다 몸을 던졌다. 말 그대로 다이빙을 한 것이다.

'닿아라!'

라켓을 던지듯 팔을 쭉 뻗으며 진희는 간절히 염원했다.

퉁!

미약한 충격이 진희의 오른손을 흔들고,

쿠당탕!!

땅이 바로 눈앞까지 올라오는 듯한 착각이 들었다.

'왼손!'

최대한 충격을 줄여보겠다는 듯 진희는 왼손을 아래로 뻗었다.

"윽!"

아릿하게 올라오는 통증에 진희는 신음을 흘렸고, 심판은 게임의 행방을 알렸다.

"게임 셋……."

우와아아아아아!!!

매치포인트에서 진기명기에 가까운 진희의 플레이가 나오자 관중은 요란을 떨어댔다.

진희는 기쁨을 느낄 새도 없이 온몸을 타고 흐르는 고통에 인상을 찌푸렸다.

"힝… 아퍼……."

에냉은 고개를 절레절레 저으며 경보로 빠르게 네트로 다가와 네트를 잡고 넘어온 후에 진희를 일으켜 세웠다.

아파서 울상인 선수와, 져서 아쉬운 선수의 감정이 만났다.

그리고 WTA 두바이 오픈은 진희의 우승으로 끝을 맺었다.

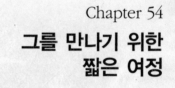

Chapter 54
**그를 만나기 위한
짧은 여정**

다행히 진희는 부상이라고 할 만한 상태는 아니었다.

무릎이 가볍게 긁히고 왼 손목을 살짝 삔 수준이었지만, 2주 안에는 완치될 거란 진단을 받았고, 일행은 한시름 놓은 상태에서 진희를 축하하기 시작했다.

"잘했다."

최영태는 덤덤하게,

"수고하셨습니다."

강춘수는 정중하게,

"진희 선수~! 사진 다 찍어놨어요!"

강혜수는 김서영의 빈자리를 채우려는 듯 다소 활발하게 격려했다.

그리고 영석은…

와락—

진희를 안고는 머리를 하염없이 쓰다듬었다.

"잘했어, 잘했어……."

분위기 파악을 못 하고 저지른 만행(?)이었지만, 유유상종이라고 품에 안긴 진희는 배시시 웃으며 수줍게 말했다.

다른 모두의 축하보다, 영석의 포옹 한 번이 더욱 우승을 기쁘게 만들었다.

"응. 고마워……."

*　　　　*　　　　*

시간은 빠르게 흘렀다.

두바이 오픈 WTA가 끝나고, ATP의 시작이 성큼 다가온 것이다.

가볍게 최영태와의 훈련을 끝낸 영석은 며칠 동안 강춘수가 찍은 영상을 보며 발전할 수 있는 부분을 찾아내기 시작했다.

그건 거의 강박에 가까운 집착이었다.

토스의 위치 하나만으로도 몇 시간이 걸리도록 연습을 하고, 극히 미세한 영역의 조정을 위해 온 집중력을 쏟아냈다. 그것이 상위권의 싸움이라 믿으며.

2월 23일 저녁.

영석은 차분한 마음으로 대진표를 봤다.

"영락없이 페더러는 결승에서나 만날 수 있겠군……."

WTA와 마찬가지로 32강의 대진표가 시작이었다.

1번 시드인 페더러와 3번 시드인 영석은 서로 순탄히 이겨 나가면 결승에서 맞붙게 된다.

'…사핀은.'

2번 시드인 사핀은 만약 승리를 쌓아가면, 준결승전에서 만나게 된다.

'그건 그것대로 흥미로워.'

여전히 사핀은 강자에 속하는 선수였고, 영석은 그를 만날 수 있다는 가능성에 기분이 좋아졌다.

"그래도……."

역시 지금의 영석에게 최고의 기대치는 페더러다.

영석은 서른두 명의 선수 명단 중 맨 위에 존재하는 페더러의 이름에 펜으로 동그라미를 그리기 시작했다.

쓰윽―

쓱.

쓱쓱쓱쓱쓱쓱…….

수십 개의 원이 페더러의 이름 주위로 쌓여만 갔다. 그리고 원이 쌓여가는 동안, 영석의 눈은 단 한 번도 깜빡이지 않았다.

2월 24일.

마침내 두바이 오픈 ATP가 시작하는 날이 밝았다.

영석은 차분한 마음, 그리고 들끓는 마음이 엉망진창으로 섞인 듯한 기묘한 감각을 뒤로하고 코트로 걸어가고 있었다. 기대감으로 가슴이 한껏 부풀어 올라 속이 답답할 지경이었다.

"1회전 상대가 누구였지?"

그 뒤를 진희가 병아리처럼 졸졸 따라오며 물었다.

"Dominik Hrbaty."

"도미니크?"

영석은 고개를 끄덕이며 뒤에서 따르던 진희의 오른팔을 잡아 끌어 자신의 옆에 두었다.

그리고 진희의 손을 꼭 잡았다.

"마음이 급해."

"……??"

진희는 영문을 모르겠다는 듯 영석을 바라봤고, 영석은 잠시 머뭇거렸다.

머릿속에서 정돈이 되지 않은 문장을 입 밖으로 뱉으려는 것에 대한 1차적인 거부감 때문이었다.

특히나 문장 정리를 사랑하는 독서가로서, 정리되지 않은 말들은 더더욱 입 밖으로 튀어나오지 못했다.

하지만 상대가 진희이니만큼, 영석은 그냥 말을 뱉었다. 그녀에게는, 거리낌이 없다.

"빨리 강한 선수랑 시합하고 싶다. 왜 ATP는 WTA보다 뒤에 할까?"

"……"

이해를 못 하겠다는 듯 진희가 고개를 갸웃하자 영석은 쓴웃음을 지었다.

말로 뱉으면 괜찮을까 싶었지만, 여전히 문장은 엉망이었다. 뜻을 온전히 담아내지 못하는 것이다.

"아무래도 네가 너무 잘하다 보니까, 네 시합 보면서 욕구불만이었나 봐. 빨리 나도 시합하고 싶다는?"

"…헤에."

그래도 조금 풀어서 설명을 한 보람은 있는지, 진희는 고개를 작게 끄덕이며 묘한 소리를 내더니 영석의 말을 받았다.

"뭐, 어쨌든 시합하고 싶다는 거 아냐?"

"맞지……."

영석이 머리를 긁적이자, 진희는 상큼한 웃음을 머금고 영석의 등을 팡팡— 소리가 나게 쳤다.

"잘할 거야!"

영석도 마주 웃으며 답했다.

"응! 얼른 이기고 올게!"

*　　　　*　　　　*

Dominik Hrbaty.

180 정도 되는 선수를 보며 영석은 강춘수의 조사 자료를 떠올렸다.

'이름 발음이 흐르바티. 99년 프랑스 오픈 세미파이널, 01년 호주 오픈 쿼터파이널……'

자신이 부상당했던 대회를 상기하자, 영석은 또다시 쓰게 웃음 지었다.

'만날 뻔했군.'

그 밖에도 2000년 삼성오픈테니스에서 준우승을 했었다는 이력이 뇌리에 남아 있었다.

그 밖의 이력은 딱히 기억나는 게 없었다.

'도미니크 흐르바티의 실력은… 평범하다!'

한 선수를 판단하는 것에 그 선수의 과거 이력을 참고하는 것은 위험한 행동일 수도 있다.

하지만 영석은 자신감이 있었다.

'이번엔… 무슨 일이 있어도 페더러를 만난다. 내가 먼저 나가 떨어지는 일 따위… 결코 있을 수 없어.'

심판이 네트로 내려와 두 선수를 부른다.

"뒤."

동전의 뒷면을 가볍게 내뱉은 영석이 동전의 행방을 뚫어져라 쳐다봤다. 흐르바티의 모습은 영석의 시야에 보이지 않았다.

압도(壓倒).

'월등한 힘이나 능력으로 상대를 누름'이라는 사전적 정의에 걸맞게 영석은 시종일관 상대를 찍어 눌렀다.

쾅!!

우선, 절정의 감각을 만끽하고 있는 서브에서, 영석은 흐르바티의 능력을 아득하게 벗어나는 서브를 수십 개씩 꽂아 넣었다.

센터로 꽂히는 서브는 거의 다 라인 근처로 떨어졌다. 인인지 아웃인지, 영석 본인도 헷갈릴 때가 있을 만큼, 공은 라인 위를 아슬아슬하게 타고 놀았다.

흐르바티는 부심에게 따지고, 주심에게 따져보면서 자신의 무력함을 어떻게든 해소해 보려 했지만, 종래에는 라인 위에 형광색 털들이 흩어져 있을 만큼 강하고 기계적인 정확도를 가진 서브에 푸념조차 늘어놓을 수 없게 되었다.

흐르바티로서는 제대로 된 리턴도 몇 번 해보지 못하고 단한 개의 게임도 브레이크에 성공하지 못했다. 아니, 브레이크 포인트(Break point : 브레이크를 결정짓는 해당 게임의 마지막 포인트)에 도달한 적도 없다. 영석의 서브 게임은 평균 5분 내로 끝날 정도였으니 말이다.

그리고 영석은 번번이 흐르바티의 서브 게임을 위협했다.

행여나 퍼스트 서브를 실패하고, 세컨드 서브를 할 수밖에 없는 상황이 오면, 흐르바티는 그 포인트는 반드시 3구 이내로 빼앗겼다.

이 거대한 선수는, 좌우로 빠를 뿐만 아니라, 앞뒤의 움직임도 세련되고, 남달랐다.

그뿐인가. 다채로운 기술은 번번이 흐르바티의 예상을 벗어나게끔 만들었다.

공격, 또 공격.

영석의 전략은 단순했다.

상대방이 어떤 전략을 취하든 상관없다. 그냥 본인이 설계한 대로의 전개를 관철시키는 것이 영석의 지상 과제였다.

어떤 저항도, 영석에겐 용납되지 않았다.

6 : 2, 6 : 2.

두바이 오픈은 ATP도 WTA처럼 3세트전을 치른다.

즉 두 세트를 선점하게 되면 경기에서 승리하는 것이다.

첫 번째 세트에서 몇 번의 행운처럼 서브 에이스가 꽂혔던 한두 게임에서 자기 몫을 챙겼던 흐르바티는 2세트에선 두 번의 서브 게임 킵을 제외한 나머지 모든 게임을 빼앗기며, 굴욕적인 패배를 당했다.

"슬프겠다……."

인사를 나누고 있는 영석을 보며, 관중석에 있던 진희가 무심코 중얼거렸다.

흐르바티의 시체처럼 창백하게 질린 얼굴을 보니 남 일 같지 않았던 것이다.

"쓰잘머리 없는 소리는 그만하고, 마중하러 가자."

최영태가 면박을 주듯 진희를 가볍게 나무라고 몸을 일으켰다.

*   *   *

다음 날 펼쳐진 Andrei Stoliarov와의 2회전은 더더욱 처참했다.

아니, 정확히 말하자면 영석이 압도적이었을 뿐이다.

영석의 실력은 지금, 그 누가 상대여도 승리를 담보할 수 있는, 그런 상태인 것처럼 보일 정도였다.

모두가 그의 플레이 하나하나에 감탄할 여유조차 없었다.

지극히 자연스러운 승리를 향한 전개엔 바늘 들어갈 틈조차 보이지 않았기 때문이다.

2회전의 Andrei Stoliarov는 1회전에서 만났던 흐르바티와도 비교할 수 없는, 그야말로 '그저 그런 선수'였다. 다만, 리턴만큼은 꽤나 잘하는 편이어서, 영석의 서브에 곧잘 대응하기도 했다.

하지만 강춘수와의 대화에서 스스로의 대오각성(大悟覺醒)을 다짐한 영석은 240㎞/h를 간혹 넘기도 하는 서브를 날려댔고, 이 불쌍한 러시아 선수는 1세트를 6 : 1로 처참하게 당하자마자 정신줄을 놓고야 말았다.

관중들은 너무나 극명한 실력 차이에 별다른 재미나 흥미를 찾지 못하고 기계적으로 박수를 쳤을 뿐이다.

영석은 1회전을 거쳐 2회전을 경기하는 지금까지, 경기 중간 중간 신기한 느낌을 체험하기도 했다.

흐르바티는 물론이고, 지금 상대하고 있는 선수의 얼굴이 흐릿하게 보이는 것이었다.

'……'

미증유의 능력을 갖고 있는 시력은 상대하는 선수의 얼굴에 흐르는 땀까지 포착할 수 있었는데, 유독 얼굴만은 보이지 않았던 것이었다.

'목각 인형 상대로 신나게 칼춤 추는 것 같군.'

시합을 하고 있다는 실감이 나지 않았다.

피가 끓어오른다는 느낌이 들지 않았다.

해치워야 할 일을 기계적으로 반복하는… 묘한 감각이었다.

승수 쌓기에 불과한, 그런 시합이었다.

"게임 셋 매치 원 바이……"

지루함은 끝을 맺었다.

1시간은커녕, 40여 분 만에 시합이 끝났다.

6 : 1, 6 : 0.

자신과의 연습 시합이 떠오르는 스코어로 참패를 당한 Andrei Stoliarov를 보는 진희는, 묘한 안도감이 들었다. '남자 선수도 저렇게 처참하게 당하는데……'라는 안일한 안도감이 아니었다.

'난 더 잘할 수 있어.'

라는 자신감이 들었다. 진희 스스로는 아직 '발전할 여지'가 있다는 최영태의 말을 믿는 것이었다.

그리고 그 믿음은 자신에 대한 믿음으로 이어졌고, 영석을 상대로도 분전을 펼칠 수 있다는 자신감을 잉태했다.

"공연히 어깨만 어설프게 데운 셈이구나."

마침 최영태가 진희의 마음을 읽은 듯 중얼거리자, 진희는 눈을 반짝였다.

"연습 시합!! 할래요!!"

최영태는 눈을 가늘게 뜨며 한숨을 내쉬었다.

"손목이나 낫고 말하자, 진희야."

"힝……."

마침 영석은 심판과 악수를 끝내고 관중석을 훑어 일행을 찾았고, 진희와 최영태가 아웅다웅하는 걸 보자 살짝 미소 지었다.

*   *   *

"여어~ 꼬… 아니, 영석!"

잔망스럽게 피부에 맺힌 땀방울을 가볍게 훑었던 영석은, 자신을 부르는 소리에 무심코 고개를 돌렸다.

"……."

'페더러'라는, 하나의 동기를 갖고 쭉 싸워 나가느라 인위적으로 집중력을 끌어올린 것의 여파일까.

잔뜩 굳어서 미동도 않던 표정에 금이 가기 시작하면서 입꼬리는 위로, 눈꼬리는 아래로 둥글게 휘었다.

저벅, 저벅…….

멀리서부터 여자 한 명을 옆에 두고 한 사내가 어기적거리며 걸어왔다.

좋게 말하면 여유로웠고, 나쁘게 말하면 건들거리는 걸음이었다.

여자의 키는 무척 커서 옆에 있는 남자와 엇비슷하게 보일 정도였다.

"사핀!!!"

마침내 영석의 표정에서 꽃이 피었다.

타다닷!

무엇이 그렇게 반가웠을까.

영석은 어울리지 않게 빠르게 걸어가 사핀을 마주 보더니 와락 안았다.

"어이… 그새 취향이 바뀌었어?"

사핀은 농담을 던지면서도 푸근하게 웃으며 영석의 어깨를 툭툭 두드렸다.

"와아! 오랜만이에요!"

진희도 영석의 뒤를 이어 사핀에게 인사를 건넸다.

"오! 이제 아가씨 티가 나네. 어때? 이 녀석이 남자를 좋아하게 된 거 같은데… 나한테 오는 건?"

짝!!

"억!!"

누가 사핀아니랄까 봐, 던지는 농담도 추파가 되었다.

그리고 그 순간, 옆에 서 있던 여자가 통쾌한 손바닥 스매시를 사핀의 등짝에 작렬시켰다.

"……."

그제야 포옹했던 사핀을 놓아준(?) 영석은 여자의 얼굴을 잠깐 훑어봤다.

나이를 짐작할 수 없는 게, 동양인이 보는 서양인의 얼굴이라지만, 여자는 누가 봐도 한눈에 알 만큼 어려 보였다. 키는 크고, 근육이 크게 발달했지만, 얼굴은 뽀송뽀송했기 때문.

'어? 어디서 봤었는데……?'

사핀이 맞은 곳을 문지르기 위해 안간힘을 써서 등에 손을 뻗어봤지만, 손은 닿지 않았다.

잔뜩 인상을 찌푸리며 사핀이 말했다.

"인사해. 내 동생이야. 야, 이 선수들 알지?"

자신감 넘치는 미소를 머금은 여자가 진희에게 손을 뻗으며 인사를 했다.

"우승 축하드려요. 전 1회전에서 지고 말았지만, 진희 선수의 모든 시합을 아주 흥미롭게 봤습니다. 아, 제 이름은 사피나입니다."

"아, 반가워요. 투어 돌면서 잠깐씩 뵌 적은 있는데, 인사는 처음 드리네요. 전 김진희예요."

사피나가 뻗친 손을 얼떨결에 마주 잡은 진희가 인사를 나누었다.

그 모습을 보던 영석의 뇌리로 불현듯 하나의 사실이 떠올랐다.

'사피나!!'

비록 잠깐이지만, 세계 랭킹 1위를 달성했던 선수라는 단편적인 기억이 있다.

하지만 그것만으로 영석이 이 이름을 또렷하게 기억할 리는 없고, 다른 특징들로 인해 기억을 할 수 있었다.

—무관의 제왕.

영석이 특히 이 선수를 기억하는 첫 번째 이유는 메이저 대회에서 단 한 번의 우승도 못 했지만 세계 랭킹 1위를 달성했다는 점이다.

세레나라는 절대자가 잠시 컨디션이 안 좋거나, 상대의 분전으로 빠르게 탈락하게 될 경우, 그리고 부상 등의 이유로 WTA에서 잠시 모습을 감추면, 그야말로 여자 테니스는 군웅할거(群雄割據)의 시작이고, 춘추전국시대와 다름이 없게 된다.

전혀 이름을 몰랐던 선수가 메이저 대회의 우승컵을 들어 올리기도 하는 건 이와 같은 이유가 있다.

랭킹의 일대 변동이 시작되는 것이다.

그래서 메이저 대회를 제외한 다른 대회에서 우승을 하여 랭킹 포인트를 쌓은 선수들이 간혹 랭킹 1위를 차지하기도 한다. 어지러운 시국을 틈타 영예로운 자리에 오를 수 있는 것이다. 사피나의 경우도 이와 마찬가지다.

2009년 네 개의 메이저 대회 중 두 개의 대회에서 결승전까지 진출하고, 하나의 대회에선 준결승까지 간 사피나는 2009년 4월에 냉큼 1위 자리에 오른 것이다.

이는 테니스 특유의 랭킹 제도 때문인데, 메이저 대회가 2,000포인트일 뿐, 나머지 대회들도 각기 포인트가 있기 때문에 발생한다. 가령 ATP500의 경우, 500포인트를 준다.

'메이저 대회 한 개 우승=ATP500 네 개 우승'의 공식이 성립하는 것이다.

'하지만… 진짜 재밌는 기록은 따로 있지.'

사피나가 2009년 세계 랭킹 1위를 달성하자 자동으로 하나의 기록이 남겨졌다.

〈테니스계 최초의 남매 세계 랭킹 1위〉

그렇다.

사핀이 2000년에 세계 랭킹 1위를 찍었던 것과 합해, 이 남매는 둘 다 세계 랭킹 1위를 하게 되는 진귀한 기록을 남긴 것이다.

형제나 자매가 1위를 하는 경우는 있어도, 남매가 1위를 찍은 경우는 최초였기 때문에 화제가 되었던 기억이 있었다.

"반가워요!"

영석이 기억을 더듬고 있는 도중에, 사피나가 상쾌하게 웃으며 악수를 청했다.

"아, 네……. 반갑습니다. 이영석입니다."

"알죠! 2001년에 이 사람 이겼잖아요!"

영석과 악수를 마친 사피나가 사핀의 등을 문질러 주며 천진하게 말했다.

'키도 컸었네……'

사피나의 키는 어림잡아 190㎝ 정도 되었다.

여자의 몸으로 190㎝라는 건 어드밴티지가 아니라, 크나큰 단

점이 될 수도 있었다.

근육, 반사 신경 등… 전반적인 운동 능력이 큰 신체를 감당할 수 없기 때문이다. 즉, 전반적으로 둔해진다. 이는 남자 선수도 마찬가지다.

선수는, 할당받은 '적합한 능력'이 있다. 이 능력을 벗어나는 신체의 변화는… 감당하기 힘들다. 반대로, 감당할 수 있다면 신체는 클수록 유리할 수 있다. 사핀이나 영석처럼 말이다.

"……."

하지만 사피나는 전혀 둔해 보이지 않았다. 오히려 신기하게도 온몸의 밸런스가 딱 맞아떨어져 보였다. 걸음걸이, 신체의 모양, 근육의 크기 등을 따지고 보면 더없이 '적합하게' 보였다.

'저 집안은 진짜…….'

아마도 사핀과 마찬가지로 선천적인 영역의 우월함일 것이다.

"그때는 운이 좋았……."

"저 그때 완전히 팬 됐어요! 아 참, 호주 오픈 우승도 축하드려요!! 사진 한번 같이 찍어도 될까요?"

가장 먼저 진희와 인사를 나누며 WTA 선수로서 예의라면 예의일 수 있는 행태를 보였던 사피나는, 영석과 얘기를 나누자 소녀처럼 들떠서 어쩔 줄을 몰라 했다.

"……."

진희의 눈초리가 대뜸 사나워졌다.

*　　　　*　　　　*

"나도 방금 2회전 치르고 나오는 길이었어."

그새 음료수를 준비한 강춘수의 센스 덕분에, 사핀과의 대화는 제법 길게 이어졌다.

"어? 그럼 한 번만 이기면 만날 수 있겠네요."

영석이 음료 한 모금을 마시고 사핀을 보며 해맑게 웃었다.

이겼다는 것이 전제된 물음이었다.

"……."

그 웃음을 본 사핀은 잠시간 말을 잇지 못하더니, 고개를 한 번 푹 숙이고 말았다.

"……."

그 모습을 보자 어울리지 않게 아이처럼 들떠 있던 영석도 마음이 착— 가라앉는 것을 느꼈다.

상대의 반응에 따라 이렇게 생생하게 감정의 변화를 느끼게 된 건, 몇몇을 제외하고 사핀이 최초였다.

'어렸을 때 두 번이나 전력으로 부딪쳐서 그런가…….'

그것도 아니면 US 오픈 주니어에서 우승한 후 관람했던 US 오픈 결승, 즉 샘프라스와 사핀이 펼친 경기가 크게 다가왔기 때문일 수 있었다.

결론적으로, 영석에게 사핀은 ATP 선수 중 가장 친근감이 드는 선수였다. 현재로서는 말이다.

"요즘, 옛날 같지 않아."

사핀의 말에 영석은 반사적으로 움찔했다.

"데뷔한 지 몇 년 됐죠?"

"8년."

생각보다 긴 프로 생활을 들어서일까.

영석은 내심 놀랐다.

'2000년엔 루키가 아니었었구나……'

가장 타오르기 적당한 때에 타올라서 정점을 찍었을 뿐, 사핀은 운과 천성적인 기량으로 우승한 것이 아니었다. 무려 4년 차에 우승한 것이니 말이다.

그리고 영석은 왜 사핀이 이처럼 기운이 빠져 있는지 알 것도 같았다.

'기복이 심했던 선수니까……'

테니스 선수라는 건, 육체적으로도, 정신적으로도 지칠 수밖에 없는 직업이다. 그걸 8년 동안이나 하고 있는 사핀이 대단한 걸 수도 있다.

'나도 3년 차에 우승한 거네……'

스스로의 경우를 생각해 봐도, 영석 스스로도 더 이상 '루키'나 '신인'이 아님을 알 수 있었다.

그렇게 두 남자는 어색하면서도 불편하지만은 않은 침묵을 배경으로 잠시 침묵을 삼켰다.

"이제 곧 옛날 같아질 거예요."

"……??"

자리에서 일어난 영석이 무심한 듯, 가벼운 어조로 말을 툭 뱉었다.

사핀은 의아한 눈길로 그런 영석을 바라봤다.

상큼한, 너무나도 상큼해서 본인과 전혀 어울리지 않는 미소를 지은 영석이 그 의문을 해소해 줬다.

"준결승전에서 날 만날 테니까. 옛날 같지 않으면 대적하기 힘들걸요."

"……."

사핀은 멍하니 영석을 바라봤다.

잘생긴 이목구비가 형편없어 보일 정도로 헐렁한 표정이었다. 그리고…

"뭐? 하하하……."

사핀은 크게 웃었다.

벌떡 일어나서 영석의 등을 퍽퍽! 치면서 자지러지게 웃었다.

"하아, 하아……."

얼마나 웃었는지, 눈꼬리에 눈물을 매단 사핀은 숨을 몰아쉬더니 우두커니 서서 멀뚱히 바라보고 있는 영석의 양팔을 굳세게 잡았다. 손 너머로 사핀의 거력과 미증유의 강인함이 느껴졌다.

"그래. 나도 너라면 꺼져가던 불씨를 살릴 수도 있을 것 같다."

영석은 한 줄기 얇은 미소를 지으며 고개를 끄덕여 줬다.

*　　　　　*　　　　　*

3라운드(8강)가 시작되었다.

'오늘은 제법 기분이 좋네…….'

사핀과 얘기를 나눈 것 하나만으로 1, 2라운드 때의 지루함이 상당 부분 사라졌다.

상대 선수의 체격도 영석에게 신선함을 줬다.

'크군.'

Sjeng Schalken.

셩 샬켄이라 발음하는 네덜란드 국적의 이 선수는 키가 크고 덩치도 그에 걸맞게 상당히 컸다.

'나 정도 되려나?'

눈대중으로 재어보니 사핀과 비슷한 신장이었다.

오히려 다리가 껑충 더 길어서 2미터 가까이 되어 보이기도 했다.

"……."

씨익 입꼬리를 올린 영석은 라켓 면을 손바닥으로 팡팡 내려 쳤다.

투쟁심이 생긴 것이다.

'그래. 그에게 가는 길, 지루하지 않게 해다오.'

키가 큰 선수는 대개 거의 모든 종목에서 유리하게 마련이다.

테니스도 마찬가지여서, 같은 조건이라면 키가 큰 것이 훨씬 유리하다.

하지만 190㎝ 이상의 영역으로 가면, 얘기가 달라진다.

프로의 움직임을 소화할 수 없게 되는 선수들이 상당히 많아 지는 것이다. 테니스라는 건, 단순히 키가 큰 것만으로 모든 단 점을 덮을 수 있는 스포츠가 아니기 때문이다.

그래서 180~188㎝ 정도의 적당한 키를 가진 선수가 오랫동 안 강세를 보이는 것이 현실이다.

"잘해."

하지만 샬켄이라는 선수는 195㎝에 가까운 키를 가진 것을 감안한다면, 굉장한 능력을 보유하고 있었다.

우선 서브.

쾅!!

안정도에서 많이 흔들리지만, 속도에 전력을 다하면 230㎞/h 정도는 나올 수 있는 서브 능력이 있었다. 그것만으로도 이 선수는 키 값을 하는 것이었다.

하지만 상대는 '그' 영석.

나이에 비해 탁월한 실력을 가졌던 영석은, 늘 자신보다 큰 선수와 시합을 했었고, 견고한 리턴 능력 또한 걸리는 것 없이 배양할 수 있었다.

펑!!

첫 세트, 첫 서브 게임.

자신이 펼친 회심의 서브가 허망하게 리턴당하자 샬켄은 이를 악물고 애드 코트로 몸을 던졌다.

"느려."

하지만 공은 샬켄의 의지와 상관없이 이미 벽으로 돌진하고 있는 상황이었다.

단 한 구로 이 시합에서 비교 우위 하나를 찾은 영석은 씨익 웃었다.

샬켄은 한 손 포핸드, 한 손 백핸드를 주 무기로 한다.

그라운드 스트로크는 상당히 견고한 수준을 자랑해서, 안정적으로 코스를 찌른다.

키까지 커서 한 손 백핸드의 단점인 '높은 공에 대한 대처'를 가릴 수 있었다.

비루한 명성에 비교하자면, 너무나 탁월한 수준의 실력이라 영석은 만족감에 서서히 끓어오르기 시작하는 몸을 던지기 시작했다.

펑!!

영석의 벼락같은 투 핸드 백핸드가 터진다.

3구 앞을 예상해서 무난하게 보냈어야 하는 공이었지만, 샬켄의 백핸드 스트로크를 마주하니, 간질거리는 느낌을 참을 수 없었던 것이다.

'누구의 백핸드가 더 위인지, 그걸 정하는 것도 좋겠어.'

영석은 기대를 머금고 화려하게 등이 켜지는 밤거리의 풍경처럼 두 눈 가득 빛을 뿌리며 샬켄을 바라봤다.

끽, 끽! 다다다다!

베이스라인을 따라, 직선으로 달리면 공을 받기 힘들다고 견적을 내린 건지, 샬켄은 대각선으로 뒤로 뛰며 영석의 공을 쫓았다.

그 장면에서 영석은 김이 팍 샜다.

"너무 느려."

퉁!!

샬켄은 본인이 할 수 있는 최고의 선택인 로브를 구사했지만, 영석은 무의미한 저항을 지르밟듯, 가뿐하게 스매시로 이 공을 처리했다.

'피 터지는… 것까지는 무리겠어.'

샬켄의 약점 아닌 약점은 다리의 속도였다.

물론, 그것은 영석을 기준으로 한 것이다.

서브 능력도 엇비슷, 스트로크에서도 접전을 펼칠 수 있는 능력이 있었지만… 단 하나, 다리의 빠르기에서 너무나 큰 차이가 났다.

'해법은 간단하지.'

오랜만에 꺼내는 카드가 이런 상황이라는 게 조금 아쉬웠지만, 영석은 하는 수 없다는 듯 고개를 저었다.

고오오오오─

퉁, 퉁, 퉁, 퉁, 퉁…….

침묵을 배경으로 공이 코트에 떨어지는 소리가 음이 되어 비산했다.

규칙적인 소리에 모두의 집중력이 한껏 상승한 상황에서, 영석은 토스를 했다.

후욱─

다른 선수보다 족히 1미터는 더 높은 토스가 올라가고, 영석은 고개를 한껏 젖혀 공을 주시했다.

끽!

안달이 난 발에서 거대한 힘이 응축되기 시작하고… 영석은 그 힘을 곧장 폭발시켰다.

휘리리릭─ 쾅!!!

절정의 서브가 터지고, 영석은 라켓이 무릎 밑까지 내려와야 하는 팔로스로우 동작을 과감히 무시하고 무서운 속도로 네트를 향해 돌진했다.

끽, 끽, 콱!!

다다다다닷!!

끽!!

거구가 보이는 날렵한 모습은 마치 깃털이 부유하는 것을 보는 것 같은 흡입력이 있었다. 그 환상적인 모습을 1초 남짓 봤을까······.

펑!!

샬켄은 엉겁결에 그 공에 라켓을 댔다.

짧다 못해 그저 '갖다 대는 것'에 불과했지만 좋은 타이밍에, 좋은 위치에 공이 맞아서인지 공은 땅에 꽂힐 때와 버금갈 정도로 되돌아갔다. 아니, 가려 했다.

팡!!

길쭉한 팔을 뻗어 공을 잘라먹은 영석의 발리만 아니라면 말이다.

공은 넓디넓은 빈 공간으로 향했다.

'알면서도 막을 수 없는··· 그런 걸 보여주지.'

자신의 플레이에 제법 만족한 영석이 어깨를 빙글 돌리며 샬켄을 쏘아봤다.

*　　　　*　　　　*

6 : 3, 6 : 2.

샬켄은 1, 2회전의 상대보다 더욱 탁월한 능력을 보이는 수준을 넘어, 영석에게 흥미를 불러일으킨 견고한 그라운드 스트로크 능력까지 있었지만, 종합적인 운동 능력의 큰 열세를 이기지 못하고 압도적인 스코어로 패배를 기록했다.

영석과 랠리다운 랠리를 이어간 것, 시합다운 시합을 펼친 것 하나로 위안을 삼아야 했지만, 그것은 누구도 알아주지 않는 일이다.

'아쉽군……'

같은 거구(?)로서 영석은 샬켄의 능력이 아쉬웠다.

운동 능력이라는 것은 발전시키기 무척이나 어려운 일이었다. 진희가 지금 영석에게 사정없이 깨지듯, 그만한 정신적인 고통과 육체적인 고통까지도 수반해야 이룰 수 있는 일이기 때문이다. 한계를 깬다는 생각 없이는, 결코 시도조차 못 할 일이다.

'2미터 내외의 선수 중에 저 선수보다 잘 뛰어다니는 선수가 최소 열 명은 있지.'

아쉽지만 샬켄은 큰 계기가 없는 한, 고만고만한 선수로 남을 것이다.

그런 견적이 절로 나왔다.

라켓을 다루는 기술력이 누구와 비견해도 꿀리지 않을 만큼 뛰어나서 더욱 아쉬웠지만, 그뿐이었다.

"수고하셨습니다."

"사핀은요?"

영석은 출입구에서 자신을 기다리고 있는 강춘수에게 음료를 건네받아 입을 축인 후 물었다.

"시합 중입니다. 세트스코어 1 : 1로 마지막 3세트는 3 : 1로 사핀이 이기고 있습니다."

"…음."

영석은 고개를 끄덕이고는 중얼거렸다.

"갑시다. 가서 쉬어야겠어요. 배도 고프고."

"네."

영석과 강춘수가 숙소로 가는 쪽으로 몸을 돌리자, 저 멀리서 목소리가 들려오기 시작했다.

"시합 안 봐? 재밌을 거 같은데……."

그사이 진희가 깡충깡충 뛰어와서 영석의 품에 안겼다.

영석의 몸이 향하는 방향만으로 사핀의 시합을 안 볼 거라 추측한 진희는, 지레짐작으로 물었던 것이다.

"땀났는데 너도 참……."

영석이 살짝 밀어내려 했지만, 진희는 더욱더 영석의 품에 파고들었다.

"고생했다."

진희의 뒤를 이어 최영태와 강혜수도 모습을 드러냈다.

"고생은요. 오래 걸리지도 않았는데요, 뭘."

영석이 대답하며 품 안에 안긴 진희의 머리를 쓰다듬었다.

말려도 말려지지 않으니, 이길 수가 없었던 것이다.

"그래서, 시합 보러 안 갈 거야?"

진희가 재차 물었다.

영석은 그런 진희를 물끄러미 내려다보고는, 멀끔하게 웃으며 답했다.

"내일 내가 더 재밌는 시합 보여줄게. 어차피 내일 만날 건데 뭐하러 지금 보러 가."

영석은 사핀의 승리를 확신했다.

'그렇게까지 얘기했으면… 반드시 이기겠지. 이길 땐 이길 줄 아는 사람이니까.'

아니나 다를까, 조금 떨어져 있는 코트에서 관중들의 환호가 울려 퍼지기 시작했다.

＊　　　　　＊　　　　　＊

다음 날, 아침.

앞선 날들보다 훨씬 더 깊은 수면에 영석은 산뜻한 기분을 느꼈다.

'다다를수록, 컨디션이 좋아지는 것 같다.'

1회전 때보다는 2회전, 2회전보다는 3회전, 3회전보다는 오늘. 날이 지날수록 들뜨고 몸이 가뿐했다.

체력적인 부분은 전혀 문제없다고 단언할 정도였으니 말이다.

'그럼 내일은 오늘보다 컨디션이 좋아지려나……?'

뒤적—

실없는 생각을 뒤로하고, 영석은 늘 하던 대로 가방에서 수첩을 꺼내 자가 점검을 시작했다.

슥, 슥, 슥…….

모든 항목에서 훌륭한 만족도가 표시되자, 영석의 미소는 짙어만 갔다.

"사핀이라… 2년? 아니, 3년 만인가?"

승리했었음에도 부상을 당하고 말았던 그 혈전(血戰)이 떠오르자, 영석은 가만히 앉아 그때 그 시합을 복기하기 시작했다.

마치 어제의 일처럼 선명했다.

"여어~!!"

로비에 나가자 반가운 얼굴이 보였다.

"박 기자님!!"

영석이 화색을 하고 박정훈에게 다가가 손을 잡았다.

"매일 보다가 몇 주 못 보니까 마음이 허저언~~~해서, 얼른 처리하고 따라왔지."

박정훈은 너스레를 떨어 영석에게서 한차례 웃음을 끌어냈다.

"사진은 모두에게 보내주셨나요?"

추억으로 삼을 사진 하나씩을 현상해 액자로 보내주는 일이 떠오른 영석이 대뜸 물었다.

"물론!! 난 한다면 하는 남자야! 한 명도 빠짐없이 선물 보냈으니 걱정 마. 물론, 영석 선수의 부모님이 많이 후원해 주셔서 가능한 일이지만⋯⋯."

"부모님이요?"

영석이 여전히 웃음 띤 얼굴로 묻자 박정훈은 머리를 긁적이며 답했다.

"비용이 많이 들 거라면서⋯ 비용 일체를 지원해 주셨어. 고마운 일이지. 대신⋯ 아, 이건 나중에 직접 집에 가서 확인해 봐. 놀랄 거야."

"⋯궁금하지만, 참아보죠, 뭐."

그렇게 두 남자가 재회에 반가워하는 사이, 진희와 최영태도

차례로 내려왔다.

"엇! 서영 언니!!"

영혼의 단짝(?) 김서영을 발견한 진희는 뱁새처럼 도도도도 뛰어와서 김서영을 와락 껴안았다.

"꺄아~!! 진희 선수!!"

영석을 보고는 업무용 미소를 짓고 있던 김서영이 진희를 보자 소녀처럼 날뛰기 시작했다. 그리고 그 둘은 둘만의 세계로 떠나 버렸다. 순식간에 같은 공간이 두 개의 세상으로 나뉘었다.

"……."

수다를 떠는 두 여자의 모습을 멍하니 바라보고 있는 영석을 정신 차리게 하는 건, 최영태의 몫이었다.

"뭐 해. 일어났으면 밥 먹지 않고. 시합하기 전에 연습 좀 하자."

"…넵!"

그렇게 영석은 밥을 먹으러 갔고, 박정훈은 강춘수에게 붙어 지금까지의 사진을 보여달라며 부산을 떨었다.

*　　　　　*　　　　　*

싸아아아—

아침의 산뜻한 기분도, 박정훈을 만나 푸근했던 기분도… 지금 이 순간, 모두 꽃잎처럼 팔랑거리며 하늘 너머로 사라졌다.

코트에 들어와 있다는 것 때문은 아니다.

단지 한 남자를 마주하게 된다는 긴장감으로 인한 것이다.

"……."

여유 만만한 걸음걸이, 햇빛이 잘 어울리는 훤칠한 미남이 환한 미소와 함께 영석에게 손을 흔든다. 한 걸음 발을 뗄 때마다 요동치는 전신의 근육들이 위협적으로 꿈틀거린다.

"잘 잤어?"

마라트 사핀(Marat Safin).

영석의 마음속에 여전한 호적수로 남아 있는 이 선수는 2001년과 다름없는 모습으로 테니스 백을 메고 거리낄 것 없다는 당당한 모습으로 나타났다.

"오늘은 옛날 같은가요?"

영석이 마주 웃으며 친근하게 말을 건넸다.

인사와는 동떨어진 것처럼 느껴질 수도, 혹은 그 어느 인사보다 다정할 수도 있는 말이었다.

먼발치에 떨어져 있던 것 같은 긴장감이 성큼 다가와 기분 좋게 온몸을 휘돈다.

"아직까지는."

사핀이 알 듯 모를 듯 아리송한 대답을 하고 몸을 풀기 시작했다.

영석도 몸을 돌려 몸을 풀었다.

봄바람 같은 미소를 머금고 있는 두 선수 사이에, 북풍한설(北風寒雪) 같은 냉기가 가득한 긴장감이 피어오르기 시작했다.

혈전(血戰) 2막이 시작되려는 것이다.

"……."

조용히 침묵을 가장하고 있지만, 지금 영석은 기분이 좋은 편이었다.

까끌거리는 감촉이 손안에 가득하기 때문이다.

서브권을 가져온 것이다.

"좋아."

지금까지는 '그깟 서브, 내가 먼저 하면 어떻고, 네가 먼저 하면 어때리. 결국 내가 이길 텐데'라는 마음이 컸다면, 지금은 아니었다.

진검승부.

한차례 겪었던 격렬함이 떠오르자 자신도 모르게 서브권을 간절히 원하게 됐다.

페이스를 끌어오기 위함이다.

경기를 유리한 고지에서 시작하기 위함이다.

승리할 요소를 아주 조금이라도 미리 챙기기 위함이다.

그리고… 영석은 원하는 것을 손에 쥐었다.

형광색 잔털이 복슬복슬하다.

"이긴다. 이긴다."

읊어 내려가는 여섯 글자가 영석의 마음속에서 크게 증폭된다.

피가 연한 연기를 내며 데워지기 시작한다.

쾅!!

탁월한 서브가 시합 시작부터 어김없이 기계처럼 라인 모서리에 찍힌다.

쾅!!

그에 응하듯, 거대한 타구음과 함께 공이 빛살처럼 되돌아온다.

"……!!!"

흠칫 놀란 영석이 몸을 움직이기도 전에 공은 볼키즈 근처에서 구르고 있었다.

"…허……."

이처럼 칼 같은 리턴을 당해본 게 얼마 만인가.

애거시의 리턴에 버금가는, 벼락같은 리턴이었다.

정작 사핀은 자박자박 애드 코트로 걸음을 옮기며 스트링을 툭툭 긁고 있었다.

산책이라도 나온 듯한 모습, 영석은 등줄기를 가로지를 땀 한 방울이 살갗을 따갑게 만드는 것 같은 기분이 들었다.

'옛날 같지 않기는… 지금이 더 낫네.'

섬전과도 같은 리턴에 맥없이 당했지만 실실 새어 나오는 웃음을 막을 수 없었다.

"이거야."

훈풍 같았던 웃음에 스산한 기운이 맴돌기 시작했다.

쾅!

두 번째 서브가 첫 번째 서브 때와 마찬가지로 맹렬하게 꽂혔다.

코스는 와이드.

끽!

사핀은 순간 기울어지려는 몸을 다급한 스텝으로 강하게 지탱하고 빠르게 지나쳐 버리는 공을 묵묵히 바라봤다.

센터냐 와이드냐의 선택.

왼손잡이인 영석이 애드 코트에서 와이드로 서브를 넣을 땐, 각도가 크게 벌어지기 쉽다.

리턴하는 선수 입장에선 골치가 아픈 것이다.

—역시 확률이 높을 것 같은 와이드를 의식할 것인가, 그 점을 감안한 상대가 센터로 찌르는 것을 기대할 것인가.

이 선택에서 사핀의 결정은 센터였고, 영석의 선택은 와이드였다.

단순하지만, 첨예하기도 한 심계가 밑바탕에 깔려 있는 것이다.

"좋아."

주먹을 쥐고 한 포인트의 기쁨을 잠시나마 만끽하던 영석은, 스스로의 모습이 썩 우스웠는지, 쓰게 웃었다.

'고작 서브 한 포인트에……'

그만큼 영석 스스로도 넘치는 긴장감을 주체할 수 없다는 뜻이었다.

애거시와의 경기 때에도 이렇진 않았다.

상대가 사핀이기에 가능한, 한 번이라도 패배를 줬던 선수이기 때문에 가능한 리액션이었다.

*   *   *

쾅!!

쾅!!

거포(巨砲)들이 펼치는 유려하면서도 강렬한 랠리전에 관중들은 침묵을 지킬 수밖에 없었다.

'이 인간… 1세트부터 너무 업된 거 아니야?'

엄살 부리는 것 같은 말이 입안에서 맴돌았지만, 영석은 그토록 바라던 난장판 같은 전개에 흥분이 됐다.

사뀐은 자신이 뱉은 말을 실현시키겠다는 듯, 화려하게 불길을 피우고 있었다.

둘의 서브를 비교했을 때, 속도, 정확도 등을 따지면 영석의 우위임에 틀림없었지만, 능히 그 서브를 리턴할 수 있는 능력이 있는 사뀐에겐, 영석의 서브가 절대적인 무기로 작용하지 못했다.

그라운드 스트로크는 그야말로 박빙이었다.

포핸드와 백핸드 둘 모두에서 비슷한 정도의 능력을 보였기 때문이다.

다만, 백핸드에서의 첨예한 대립은 수준이 달랐다. 아니, 차원이 달랐다.

콰앙!!!

도저히 스트링과 공이 만나서 내고 있다는 것이 믿기지 않는, 거대한 타구음이 울린다.

화려한 스텝으로 발을 놀리는 소리조차 묻어버릴 만큼, 그 소리는 거대했다.

타다다닷!!!

'왜 저러고 있나' 싶을 정도로 상체를 낮추고 짐승 같은 움직임을 보이며 사뀐이 영석의 공을 따라잡는다. 스마트한 프로의 움직임이기보다, 사냥감을 쫓는 포식자의 그것이 연상되는 몸놀림이다.

쾅!!!

마찬가지로 절정의 기량을 자랑하는 사핀의 백핸드가 통렬한 타구음을 냈다.

코스는 영석이 서 있는 바로 그 자리였다.

'계산하지 않겠다는 거지, 또.'

설계를 하고 앞으로의 전개를 누가 더 잘 예측하느냐의 싸움은 영석의 우위일 게 뻔했다.

영석이 패배할 때도 그랬고, 이길 때도 그랬다.

사핀은, 2001년 호주 오픈에서 선보인 바 있었던, '육감에 의존한' 마구잡이식 전개를 시작한 것이다.

그리고 이 전략은 영석에게 유효했다. 적어도 평범한 수 싸움보다는 말이다.

'마구잡이… 는 아니지. 내가 이해를 못 하는 것일지도.'

펑!!!

당혹스러운 전개에도 미려한 스텝으로 살짝 옆으로 빠진 영석이 몸 쪽으로 빠르게 쏘아지는 공을 걷어내는 것에 성공했지만, 사핀은 네트를 향해 대각선으로 달려와 그 공을 발리로 잘라먹었다.

짝짝짝…….

박수가 쏟아지자 영석은 쓴웃음을 지었다.

1세트 스코어 4 : 4.

경기는 팽팽하게 흐르고 있었다.

* * *

상대가 누구이든, 설사 그게 최고의 선수들인 로딕이나 애거시이더라도, 영석은 패배를 모르고 달려왔다.

　어려운 승리, 가볍게 이긴 승리… 여러 종류의 승리들이 쌓이고 덧붙어서 자신감이 금강석처럼 견고했다.

　—지지 않는다. 이길 수 있다. 당연히 나의 승리다.

　습관처럼 자리매김한 단순한 사고의 흐름은, 시합에서의 결과로 나타났다.

　영석은, 어느새 '지는 것을 상상할 수 없는' 존재가 되었었다.

　4 : 4.

　이런 스코어가 되자, 영석은 등허리에 잔경련이 일어났다. 짜릿짜릿하게 온몸을 떨어 울리는 쾌감에 어설픈 한기가 들 정도였다. 어떻게 생겼는지 잊은, '패배'라는 글자가 저 멀리서 조금은 윤곽을 나타내고 있었다.

　'한 세트를 내줄 수도 있다.'

　10을 쏟아부으면, 적어도 10으로 응수해 줄 수 있는 상대.

　팽팽함을 넘어서 질 수도 있다는 위기감을 자극해 줄 수 있는 상대.

　"당신을 만난 건……."

　퉁, 퉁, 퉁, 퉁, 퉁…….

　토스를 준비하기 전에 공을 바닥에 퉁기며, 영석은 나지막이 중얼거렸다.

　획—

　"행운… 이… 야압!!!"

토스한 공이 정점에 오르자, 영석은 기이한 기합을 지르며 라 켓을 휘둘렀다.

팽팽하게 감겨 있던 채찍을 단숨에 내려치는 것 같은 탄력이 느껴졌다.

쾅!

사핀의 두 눈도 함께 번쩍인다.

"흡!!"

양손으로 거머쥔 라켓이 잘게 떨리고, 팔이 부풀어 오르며 힘 줄과 핏줄이 도드라졌다.

명실상부한 최고의 신체를 자랑하는 사핀의 투 핸드 백핸드 가 터졌다.

쾅!!

'안 당하지!'

4 : 4까지 오면서 깨달은 것이 있다.

사핀이 영석의 서브를 리턴할 땐, 50%의 확률은 아예 버린다.

영석의 토스가 시작되면 사핀은 '감'으로 와이드냐 센터냐를 스스로 정하고 오롯하게 그쪽만 집중한다.

선택이 빗나가면 놓치지만, 적중하게 되면 무서운 리턴이 작렬 한다.

그리고… 동물적일 때의 사핀이 보여주는 육감은 소름이 끼치 도록 잘 맞아떨어진다.

말이 50%였지, 실제로는 70%에 육박하게 영석의 서브를 읽 는다.

'내 토스에 문제가 있는 건가? 몸의 기울기?'

어린 시절 붙었던, 이름도 기억이 잘 안 나는 일본인 선수들처럼 '알고 움직이는 것' 같기도 했다.

만약 그게 가능하다면, 사핀은 대단한 눈썰미를 보이고 있는 것이다.

끽, 끽!!

'어쩔 수 없지.'

지금 이 순간, 자신의 서브가 절대적인 무기가 되지 못할 수도 있다는 것을 깨달은 영석의 몸놀림은 소년 시절 때를 연상케 했다.

다다다닥!!

긴 다리를 적극적으로 이용해서 성큼성큼 누벼도 될 터인데, 영석은 굳이 공간을 잘게 쪼개서 다리를 쉬지 않고 움직인다. 시선으로 공을 좇으며 예상 낙하지점을 포착하는 순간, 머릿속에서 공간이 입체적으로 떠오른다.

마치 모눈종이를 연상케 하는 모습의 공간이 연상되면 모든 움직임을 밀리미터 단위로 조율하는 작업에 들어간다.

─라켓을 휘두르기 전에 발을 어디에 내디딜 것인가.

샷을 칠 때 가장 중요한 것은 공 주변에서 내딛는 첫 스텝이다.

이것만 적절해도 50%는 훌륭한 샷을 담보할 수 있다.

쿵!!

발을 강하게 디디자 자연스럽게 몸의 무게중심이 부드럽게 앞으로 쏠린다.

라켓과 공의 위치, 시선이 한 지점에 모여 폭발한다.

쾅!!!

포핸드 스트로크가 터지고 영석은 몸을 앞으로 던지는 시늉을 했다.

사핀 같은 톱 프로를 속이려면, 시늉이 시늉이 아니어야 한다. 기세를 보여야 하는 것이다.

탓, 다다다다닷!!!

급박하게 기세를 피워 올리며 영석이 몸을 쏟아내려 하자…….

쾅!!

쉬익―

아니나 다를까, 섬뜩한 패싱샷이 작렬한다.

끽!

영석은 당황하지 않고 제자리에 멈춘 후, 빠르게 공을 쫓아가 팔을 휘두른다.

펑!!

라켓을 떠난 공이 크로스로 뻗쳐 나간다.

사핀에겐 오픈 스페이스.

"……."

사핀 또한 영석이 자신을 속였음에도 당황하지 않고 눈을 빛낸다.

지금 중요한 것은, 놀라기보다 뛰는 것임을 아는 것이다.

쾅!!

쾅!!

또다시, 랠리전이 펼쳐지기 시작했다.

```
          *           *           *
```

"헉, 헉……."

4 : 4의 스코어가 고정이 된 1세트의 시간은 하염없이 길어지고 있다.

영석은 지금 이 한 게임에서 벌써 서브를 스무 개 가까이 터뜨리고 있다.

자신의 서브 게임에서 이토록 게임이 안 풀린다는 것이 너무나 신기할 지경이었다.

심지어 스무 개 가깝다는 그 서브는 '성공한 퍼스트 서브(플랫 서브)'였다.

"……."

사핀 또한 숨을 몰아쉬는 것은 매한가지였다.

영석의 서브 게임을 브레이크하고 자신의 서브 게임을 킵하게 되면 1세트를 가져가게 되는 셈이니 집중하지 않을 수 없던 것이다. 아니, 오히려 영석보다 더 순도 높은 집중력을 발휘하고 있었다. 리턴하는 입장은, 명백히 서버보다 집중력을 더 필요로 하기 때문이다.

'벌써 커졌어.'

사핀의 몸집은 1세트 시작하기 전에 비해 상당히 커졌다.

그렇게 커진 몸집은 영석에 비할 바가 아니었다.

얼굴도 상당히 붉어진 상태. 지금의 사핀은 혈기가 넘치고 있었다.

퉁, 퉁, 퉁, 퉁, 퉁⋯⋯.

영석은 집중력을 유지하는 것에 최선을 다했다.

'내가 원했던 일 아닌가.'

강자와의 싸움엔 이런 장면도 필연적으로 찾아온다.

시합 사이사이에 행해졌던 훈련은 이럴 때를 대비한 연습이다.

―언제, 어떤 상황에서도 한결같은 서브를 꽂을 수 있는 능력.

영석은 그걸 잘 이해하고 있는 사람이었다.

획―

'한계를⋯ 지웠다고 말하려면, 결과를 보여야지.'

둥실―

몸이 살짝 뜬다.

자연스럽게 뜨는 것보다 아주 조금 더 공중에 뜬 상태.

영석은 이 높이를 찾는 것을 늘 고민했다. 240㎞/h의 영역으로 가는 길이라고 생각했기 때문이다.

어릴 때처럼 너무 높게 몸을 띄우면 착지―움직임의 과정에서 많은 시간이 할애된다.

빠른 서브는 빠른 리턴을 낳기 때문에 이와 같은 결정은 좋지 않았다.

그렇다면 착지―움직임에서의 시간을 최소화하면서도, 자연스럽게 몸이 뜰 때보다 높게 뛰는 지점, 그 지점을 찾으면 영석의 서브가 갖고 있는 한계는 지워진다.

―서브 후의 움직임에 영향을 최소한으로 줄 수 있을 만큼의 높이만 뛰자.

이 같은 명제를 반드시 지켜야만 했다.

'완성되기 전에 쓰지 않으려 했는데……'

지금의 사핀은 흥분 상태이고, 명백히 본인이 갖고 있는 모든 것을 해방하여 영석을 몰아붙이고 있었다. 지금까지 보여줬던 것 이상의 것을 선보일 때였다.

휘리릭—

자연스럽게 몸이 뜨는 것과 달리, 지금처럼 몸을 띄워서 치는 서브에서 또 하나 중요한 것은, 밸런스를 유지하는 것이다.

수직으로 상승하는 힘의 방향에 인위적인 가속도를 붙이게 되기 때문에, 밸런스가 무너질 여지가 많다. 하지만, 영석은 이와 같은 서브를 구사하는 것에 일가견이 있다.

쾅!!!

마침내 라켓이 공에 맞닿는 순간, 폭음이 터졌다. 그리고 동시에,

틱, 탱!!

'윽!'

라켓이 순간적으로 흔들렸다.

영석의 의지에 상관없이 흔들린 라켓에서 미세한 충격이 시작되며 팔을 찌르르 울린다.

자신이 다룰 수 없는 상황의 변화에 놀란 영석이 흠칫하며 고개를 들었다.

'공은?!'

다행히 공은 꽂아 넣고자 한 곳에 꽂혔다.

그리고 사핀은 반응을 하지 못했다. 점찍었던 코스로 들어오지 못한 것이 컸지만, 그것 말고도 다른 요인이 있었는지, 사핀

은 떨리는 눈을 감추지 못했다. 이번 대회 처음으로 말이다.

〈241km/h〉

심상찮은 사판의 기색에 무심코 전광판에 시선을 돌린 영석 또한 크게 놀랐다.

'벌써……?'

언젠가는 넘을 수 있을 거라 생각했지만, 이렇게 빠르게 넘을 줄은 몰랐다.

"……."

라켓을 내려다보자 가운데 가로줄 두 가닥과 세로줄 한 가닥 이 볼품없이 끊어져 있었다.

누가 양끝을 잡고 우악스럽게 잡아 뜯은 것처럼, 끊어진 단면 이 거칠다.

아까 팔에 전달된 고통은 거트가 끊어지며 일으킨 충격이었 던 것이다.

'새 라켓인데…….'

시합 때마다 새로 만들어진 라켓을 사용하고 있고, 포장도 까 지 않았던 거트를 수리해서 쓰고 있는데도 1세트에 이렇게 끊어 지는 걸 보니 썩 신기했다.

주심은 예민하게 이런 상황을 포착해서, 영석에게 라켓을 교 체하도록 지시했다.

술렁술렁—

영석의 이번 서브에 놀란 것은 선수들뿐이 아니었다.

관중들 또한 놀란 눈으로 전광판을 보며 수군댔다.

230 이상은 종종 나오지만, 240 이상은 쉬이 보기 힘든 숫자이기 때문이다.

획—

묘한 분위기가 감돌자 사핀이 라켓을 허공에 한번 휘두르며 자신의 페이스를 유지하려 노력했다. 노련한 시도였고, 대처였다.

하지만 영석은 씨익 웃음 지었다.

이 한 번의 서브는, 많은 것을 변화시킬 수 있는 단초가 될 것이다. 아니, 되게끔 만들 생각이다.

*　　　*　　　*

6 : 4.

영석은 기어코 이 스코어를 만드는 것에 성공했다.

라켓을 교체하고 대범한 선택을 행했다. 바로 전에 시도했던 서브를 한 번 더 시도한 것.

그 한 번은 여봐란듯이 성공을 거뒀다.

오랫동안 대치해 온 4 : 4의 균형이 한쪽으로 쏠리자, 사핀은 자신의 서브 게임에서 '이 게임은 지켜야 한다'는 강박이 생겼다. 그리고 한편으로는 모순되게도 '이럴 때일수록 초조해하지 말자'는 생각이 들었다.

이 두 가지 상념은 사핀에게 하여금 생각이 많아지게 만들었고, 양 선수 모두 세계 최고의 기량을 발휘하고 있는 첨예한 시합에서 이와 같은 허점은 크게 나타났다.

미세한 바늘구멍이 한 세트의 승패를 가른 것이다.

쾅!!!

아니나 다를까, 사핀은 벤치에 앉아 또다시 라켓을 내려쳤다.

과거와 변함이 없는 모습. 하지만 영석은 그때와 달리 놀라지 않았다.

오히려, 어디까지 화내나 한번 지켜나 보자는 심정으로 힐끗 쳐다보기까지 했다.

"#@%@#%@#%!!"

러시아 말인지, 못 알아듣겠는 말로 쉼 없이 중얼거리는 사핀 은 스스로의 감정에 순식간에 빠져들기 시작했다.

악귀처럼 흉하게 일그러진 얼굴, 거칠게 내뱉는 숨결…….

심지어 사핀은 앉은자리에서 상의를 거칠게 잡아 뜯었다. 질 기디질긴 섬유가 맥없이 찢겨 나가는 모습이 자못 놀라웠다.

'그 힘을 아껴서 2세트에 쏟지…….'

시합이 안 풀린다고 화를 내는 건, 영석의 취향에 맞지 않는다.

영석은 편안한 마음으로 2세트를 설계하며 준비해 온 음료를 홀짝홀짝 마셨다.

*   *   *

5 : 4, 매치포인트.

2세트가 시작되고 50분이 흘렀다.

빠르지도, 그렇다고 느리지도 않은 페이스의 시합은 두 선수 가 다시금 치열하게 전쟁을 벌이고 있다는 것을 뜻했다.

사핀은 과연 분노를 흩어내는 것에 일가견이 있었다.

2세트를 시작하기 위해 벤치에서 일어나자마자 1세트가 시작할 때처럼 냉철한 표정을 짓고는 차분한 신색으로 걷기 시작한 것이다.

"……."

천연덕스럽다는 말로도 부족할 정도의 능력이라고 볼 수 있었지만, 영석은 한번 벌어진 간극을 좁혀줄 생각이 없었다. 아니, 오히려 더더욱 벌릴 생각이었고, 계속해서 사핀과의 '차이'를 유지하려 했다.

결과는 4 : 4에서의 브레이크 성공으로 나났고, 서브권을 얻은 상태로 5 : 4를 맞이함으로써 최상의 상황을 맞이하게 되었다.

한 걸음의 차이, 종이 한 장의 차이…….

너무나 전형적인 말이지만, 스포츠의 세계는 쌓아 올린 실력의 미세한 차이로 인해 극명한 결과로 나뉜다.

승리―패배.

"흑……."

한차례 숨을 가슴속에서 몰아내며 영석은 지그시 사핀을 바라봤다.

'……'

사핀의 안색은 창백하게 물들어 있었다. 부풀었던 몸이 삽시간에 쪼그라든 것처럼 보였다.

하지만 그는 최후의 최후까지 섬뜩하게 빛나는 눈빛을 거두진 않았다.

역전의 실마리라도 찾는 것일까.

영석은 냉소를 지었다.

'이 내가……'

훅!

부드럽고 힘찬 토스가 이어지고,

둥실—

영석의 몸이 떠오른다.

'한번 잡은 걸 놓칠 줄 알고?'

쎄에엑———!!

라켓이 공기를 찢어발기며 공을 향해 덤벼든다.

쾅!!!

공이 거대한 압력에 짓눌렸고, 이어진 거력에 총알처럼 쏘아져 나갔다.

쿵!!!

툭… 툭…….

"게임 셋 매치 원 바이……"

심판의 선언이 울리고 영석은 저벅저벅— 네트를 향해 걸음을 옮겼다.

Marat Safin이라는 이름을 대전표에서 보고 처음 가졌던 생각, '이제는 질 것 같지 않다'는 예감이 적중했다.

Chapter 55

RF(Roger Federer),
떨리는 그 이름

"……."

영석은 멍하니 침대에 걸터앉아 쫙 펴진 자신의 손바닥을 내려다보고 있었다.

무엇을 의미하는 것인지, 눈동자에는 격랑(激浪)이 한데 모여 회오리처럼 뒤섞여 상승하고 있었다.

시합 전에는 늘 크고 작은 긴장을 하게 마련이지만, 이번의 경우엔 유례가 없을 정도였다.

아직 결승전의 날은 밝아오지도 않았건만, 심장이 귀 뒤에서 쾅쾅 울리는 것 같은 착각이 든다.

애타는 마음이 꿈틀거린다.

"보고 싶구나. 만나고 싶어."

나지막하게 중얼거린 영석의 뇌리에서 사뮌은 이미 그 모습을 감췄다.

그는 패배했고, 자신은 승리했다. 승리자는 패배한 자의 모습을 지워야 앞으로 걸어갈 수 있다. 아니, 이 정도의 배려를 베풀여유가 지금의 영석에게는 없다.

3월 1일 오늘, 사핀과의 준결승이 끝난 직후부터 지금까지… 영석의 뇌리엔 오로지 한 사람밖에 없었다.

'우승까지 이제 남은 사람은 단 한 사람'이라는 사고를 해야 지당하지만, 영석에겐 아니었다. 그에겐 지금까지의 프로 생활 전부가 다음 상대를 위한 것으로 느껴지기도 했다.

두근두근……

그 어느 때보다 격한 긴장감이 몸을 지배하고 있다.

호주 오픈의 결승은 비교도 되지 않는 긴장감이다.

'이 정도였나?? 실력이 어떤 상태일지도 모르는 페더러를 만난 것만으로?'

페더러를 만나보고 싶다는 열망의 크기는 과연 영석의 인생에 어떤 작용을 불러일으켰을까.

자신의 삶이지만, 영석은 그것을 감히 짐작하지 못했다.

기분이 좋아지는 것을 넘어, 잠을 제대로 청하기도 힘들 정도의 흥분과 고양감이 끊임없이 영석을 괴롭히고 있었다.

정욕(情慾)이 아닌 정욕(情欲)으로 영석의 눈은 시뻘겋게 물들었다.

ATP500에 불과한 두바이 오픈이다.

10년 뒤에는 유튜브에서 영상이 몇 개 남아 있지도 않을 정도의 대회. 그마저도 저화질이라 안 보느니만 못한 영상일 것이다.

하지만 영석은, 지금… 인생 최고의 무대를 앞둔 것처럼 느껴졌다.

*　　　　*　　　　*

2003. 03. 02.

부스럭거리며 몸을 일으킨 영석이 간단하게 자가 점검을 마치고 식당으로 향하기 위해 방을 나섰다.

"왜 그래, 잠 못 잤어?"

마침 영석의 방으로 걸어오고 있던 최영태가 걱정스러운 기색으로 영석의 안색을 살핀다.

프로로 데뷔하고 이처럼 컨디션이 안 좋아 보인 적이 있던가.

최영태의 고요한 아침은 영석을 마주함으로써 산산이 부서졌다.

"…조금요."

엉망으로 지은 거미줄처럼 실핏줄이 안구를 가득 채우고 있었다.

멀리서 보면 빨간 눈으로 보였다.

눈 밑은 까만 덩어리가 달라붙어 밑으로 내려가려고 낑낑대며 애쓰고 있는 것만 같았다.

입술은 흰 솜털들이 올올이 일어나듯, 흉하게 텄다.

"좋은 아침!! …이 아니네."

마침 자신의 방문 밖을 나선 진희는 영석의 얼굴을 보고 대번에 인상을 찡그렸다.

같이 투어를 돈 이후로 이런 모습은 처음 보기 때문에 낯선 마음이 들기도 한다.

진희가 다급하게 손목시계를 봤다. 선물받은 오메가 시계가 번쩍번쩍 빛났지만, 진희는 이 순간, 아무런 감흥을 느끼지 못했다.

6 : 30. AM.

안도의 한숨을 쉰 진희는 영석의 손을 잡고 식당으로 걸음을 옮겼다.

"일단 조금만 먹고, 씻고 다시 자자. 시합은 13시부터니까, 아직 여유 있어. 2시간만 자도 얼마나 개운한데! 별거 아니야."

"……."

진희에게 이끌려 가며 영석은 쓰게 웃었다.

잠을 설치긴 했지만, 냉정하게 자가 점검을 했을 때, 컨디션이 나쁘진 않았다.

하지만 이렇게 챙겨주는 진희의 따뜻한 마음이 좋았기에 잠자코 식당으로 따라갔다.

*   *   *

10 : 30. AM.

"걱정했는데, 나쁘지 않군요."

"오히려 좋아 보이는데요?"

"……."

영석의 보기 드문 모습에 식겁한 일행은 이른 오전을 영석을 돌보는 데에 할애했고, 영석은 진희의 말대로 조금 잠을 자고 몸을 풀기 시작했다.

연습 상대는… 놀랍게도 사핀이었다.

굳이 하루를 더 남아 영석의 컨디션 체크를 도와주는 모습에서 일행은 자그마한 감동을 느꼈다.

펑!!

펑!!

두 선수는 네트를 사이에 두고 가볍게 걸어 다니며 공을 주고받았다.

"5분?"

공을 친 사핀이 휘적휘적 센터마크로 걸어오며 외쳤다.

5분 정도는 시합처럼 연습을 하자는 것이다.

"오케이!"

영석은 손을 흔들며 답을 해줬고, 그때부터 타구음은 격렬해지기 시작했다.

쾅!!!

＊   ＊   ＊

평소와는 다른(?) 부산스러움을 오전에 겪으니, 벌써 하루의 절반이 갔다는 것이 실감이 갔다.

하지만 그것은 시간의 개념을 따졌을 때이고, 지금 영석은 하루가 시작되지 않았다고 여기고 있었다.

"뭐… 무난하게 우승하지 않을까?"

연습이 끝나고 짐을 챙겨 체크 아웃한 사핀을 배웅하는 과정에서, 사핀은 이 말을 물꼬로 대화를 풀어나갔었다.

"페더러? 잘하지. 98년이었나… 막 주니어에서 프로로 전향했을 때는 사실 그저 그랬는데 99년엔 100위 내에서 가장 어렸었지. 그만큼 장래가 촉망된다는 평가가 많았어. 그리고 2000년부터는 본격적으로 성인들 무대에 뛰어들어서 커리어를 쌓기 시작했어. 호주 오픈 몇 회전, 프랑스 몇 회전, 윔블던 몇 회전…… 썩 훌륭하지."

진희가 페더러에 대해 묻자 사핀은 자신이 아는 한도 내에서 친절하게 설명을 했다.
아마 비슷한 시기에 프로로 전향해서 더더욱 잘 알고 있는지도 몰랐다.

"…그런데 이게 중요해? 페더러? 지금 네 이름이 훨씬 앞에 있다고. 나도 이기고, 금메달도 달고, 애거시도 이기고… 호주 오픈 우승도 하고……. 방심하면 안 되지만, 그렇다고 긴장할 필요도, 이유도 없지. 페더러도 뭔가 있는 녀석이지만… 넌 그 '뭔가'를 누구보다 많이 갖고 있으니까."

조금 굳은 안색의 영석을 향해 사핀은 이 한마디를 남기고 자신의 투어 일정을 위해 미련 없이 두바이를 떠났다.
그 후로 가볍게 식사 겸 간식을 마치고, 영석은 일행에게 기를 받고 있었다.

"호주 오픈 후라서 감각이 무뎌졌을 수도 있는데… ATP500은 큰 대회다. 결승전이니만큼, 있는 그대로의 역량을 풀어내는 것에 집중해."

최영태는 시합 직전까지 영석에게 긴장감을 불어넣어 줬다.

"뭐, 난 당연히 우승할 거라고 봐."

그와 반대되게, 진희가 대수롭지 않다는 듯 영석을 격려했다.

'채찍과 당근도 아니고……'

성향이 반대인 최영태와 진희는 이처럼 내뱉는 말 하나하나까지 반대였다.

"기깔 나는 우승 인터뷰 뽑아보자고! 하하, 벌써 몇 번째야 이게……!!"

박정훈은 동반 우승 인터뷰를 위해 힘내라는 말을 돌려서 했다.

낙천적으로 느껴지는 톤의 격려를 들으니 영석은 자신을 짓누르고 있던 부담감을 어느 정도 해소할 수 있었다.

영석의 뇌리로 진희와 자신의 투컷이 그려졌다. 각기 우승 트로피를 들고 환하게 웃는 모습… 또 하나의 추억이 될 수 있으리라.

"……"

강춘수와 강혜수는 조용히 고개를 끄덕이는 것으로 영석의 등을 부드럽게 밀었다.

"다녀올게요."

아침에 비해 반들반들해진 얼굴을 한 영석은 빙긋 웃고는 단호하게 몸을 돌려 선수 출입구를 향했다.

"……"

일행을 등지자 영석의 얼굴이 차갑게 식는다.

초조함과 설렘, 그리고 두려움을 강철 같은 냉철함으로 짓누르는 기색이다.

*　　　*　　　*

"……."

고대했던 만남이지만, 만남의 시작은 다른 선수들과 크게 다름이 없었다.

밍숭한 기분이었지만, 어쨌든… 라켓을 휘두르고 있는 페더러를 만나게 됐다.

어젯밤부터 영석을 괴롭히던 감정의 뭉텅이들이 코트에 들어서자 삽시간에 증발해 버렸다.

그리고 남은 것은… 기분 좋은 설렘. 이것 하나였다.

'드디어……'라고 읊조린 게 몇 번이던가.

영석은 첫사랑에 설레는 소녀와 같은 마음으로 페더러를 만나기를 고대했다.

그리고 지금은 일종의 인지 부조화와 같은 상태에 놓여 있었다.

강렬한 비비드 컬러의 투 톤 티셔츠에는 늘 목깃이 달려 있었다.

선이 예쁘게 다듬어진 티셔츠는 같은 소재, 같은 브랜드가 맞는지 나이키에 따져 들고 싶을 정도로 세련됐었다.

5 : 5 가르마가 자연스럽게 늘어진 적당한 길이의 머리칼은 늘 입고 있는 옷과 매칭이 잘되는 색의 헤어밴드에 의해 가지런히 정돈되는 느낌이었다. 헤어밴드 위로 머리칼을 쓸어 올리는 것

은 페더러 특유의 루틴이었다.

"……."

하지만 2003년의 페더러는 좀 달랐다.

단조로운 색상의 헐렁한 옷, 장발이라 뒤로 묶은 머리는 헤어밴드와 정말이지, 최악의 상성을 보였다. 덥수룩한 수염은 또 어떤가.

그야말로 '지나가던 산적1'이라고 칭해도 모자람이 없는, 볼품없는 외양이었다.

─절대무적, 황제…….

이와 같은 이미지가 선뜻 연상되지 않는 상태였다.

'뭐, 그거야 옷 어떻게 입고, 헤어스타일 어떻게 하고, 인터뷰를 어떻게 하느냐가 결정하는 거니까…….'

실제로 페더러는 스위스 국가 대표 동료이자, 부인인 '미르카'가 본격적으로 매니저 역할을 하게 되면서 이미지가 바뀌었었다.

영석은 그 문제에 관해서는 딱히 이상하게 여기지 않으려 노력했다.

그리고 이때까지 별로 괘념치 않았던 옷의 스타일에 대해 유심히 연구해 볼 가치가 있다고 생각했다.

펑!!

펑!

자신이 알고 있는 페더러와 2003년의 페더러가 이처럼 달랐나 싶은 실질적인 괴리감은 공을 주고받으면서 몸을 풀 때 절정을 찍었다.

"……?"

우선, 스텝에서 괴리감이 느껴졌다.

사실, 깃털처럼 몸을 움직이는 영석과, 그런 영석을 따라 하다 보니 독자적으로 자신의 움직임을 정립한 진희… 이 둘의 원형은 '영석이 기억하는 페더러'였다.

하지만 지금의 페더러는 깃털 같은 우아한 움직임은 보이지 않았다.

그리고 가장 큰 괴리감은 스윙이었다.

물론, 지금의 페더러와 영석이 기억하고 있는 페더러의 스윙이 완전히 다른 것은 아니다.

테니스 선수는 유소년 시절에 몸에 습득한 메커니즘을 그대로 성인이 돼서도 발휘하는 경우가 많은데, 페더러의 경우도 그와 같았다.

"…음……."

하지만 섬뜩한 느낌이 들 만큼 미끈하기 그지없는 탁월한 스윙이 아니었다.

이것은 순전히 '느낌'의 영역에 있는 것이었지만, 영석도 명실상부한 톱 프로.

절대적인 강자로 군림할 때와 지금의 차이를 분석하려는 시도가 자연스럽게 진행됐다.

'젊어서 그런가?'

최저한의 움직임, 최소의 힘으로 상대를 찍어 누르는… 아주 효율적인 움직임을 보임과 동시에, 선과 특징이 뚜렷한 것이 영석이 기억하는 페더러가 구사하는 테니스다. 실제로 나달은 인터뷰에서 이런 말을 하기도 했었다.

"내가 그를 이길 때라 하더라도, 나는 굉장히 불공평한 노력을 쏟고 있다."

페더러가 10의 노력을 구사한다면, 나달은 죽을힘을 다해 20까지 구사해야 승리를 할 수 있다는 뜻의 인터뷰다. 물론, 20의 노력을 쏟아부을 수 있는 것도 천부적인 재능이었지만, 나달은 페더러의 테니스를 '가장 우아하며, 효율적인 테니스'로 평가했었다.

하지만 2003년, 영석의 눈앞에 있는 페더러는 그와는 조금 다른 이미지를 주고 있다.

미끈함보다는 거친, 선이 뚜렷하다기보다 어딘지 모르게 붕 떠 보이는… 그런 느낌을 주었다.

'아직 시합은 아니지만……'

물론, 이 모든 것은 영석이 느끼는 페더러의 첫인상에 불과했다.

모든 것은 시합이 시작되고, 그걸 겪어내고 나서야 판단할 문제다.

'좋아, 어디 한번 보자.'

비교할 대상이 아니었음에도 멋대로 자신과 비교를 함으로써, 영석은 크나큰 열등감을 품고 살아왔다. 그것은 지금까지 이어져 와 10대에 호주 오픈에서 우승을 했음에도 삶에 크나큰 만족감을 받지는 못했다.

꺼질 줄 모르는 열망과 욕구의 원천, 한없는 발전을 꿈꾸게 만들었던 상대인 페더러와 지금에서야 만나게 됐다.

회귀하고 무려 13년 만에 말이다.

　　　　*　　　　　*　　　　　*

　벌써 수십 전.

　영석이 시합을 치른 횟수다.

　물론, 대부분의 유능한 선수라면, 프로 생활 중 수백 전의 경기를 치르게 마련이다.

　그럼에도 불구하고 영석은 지금까지 꽤나 많은 시합을 펼쳤다고 생각하고 있다.

　그것이 과거, 휠체어 테니스를 탔던 경험을 포용했기 때문임은 부정할 수 없다.

　그리고 영석은 자신이 펼쳤던 모든 경기들에서 얻은 것들, 이를테면 경험이나 노하우 등을 이 경기를 위해 기꺼이 발휘하기로 결심했다.

　그렇게 해야 비로소 자기 자신에게 의미 있는 시합이 될 거란 것을 잘 알고 있기 때문이다.

　2003년 두바이 오픈 결승 매치.

　VS 페더러를 상대로 한 경기가 시작되었다.

　"Head or Tail?"

　동전을 던지기 전에 심판이 물었고, 영석은 간단하게 Tail을 골랐다.

　동전이 던져졌고, 영석은 리턴부터 시작하게 됐다.

　　　　*　　　　　*　　　　　*

"훅, 훅……."

베이스라인에 서서 심호흡을 하며 가볍게 몸을 통통 띄운다.

90㎏에 육박하는 몸이 산뜻하게 느껴졌다.

"……."

네트 너머에 서 있는 페더러에게 시선을 줬다.

아무리 봐도 산적 같은 페더러의 모습이 썩 유쾌해 영석은 빙글 웃음 지었다.

'난 어떻게 보이려나?'

자신이 알던 선수들의 어릴 때(?)의 모습을 볼 때마다 가벼운 위화감을 느꼈던 것이, 이제는 본인의 이미지를 되돌아보게 만들었다.

'생각해 보니 호주 오픈 우승도 했는데… 나이키는 영 반응이 없네. 내년에 바꿔주려나?'

이렇게 짧게 다른 생각을 하다 보니, 어느새 시합이 시작되는 소리가 들렸고, 대기는 고요함으로 물들었다.

고오오오오ー

삽시간에 정적이라는 찬물을 뒤집어쓰게 되면, 기묘한 공명이 퍼지기 시작한다.

그리고 이 순간이 영석에겐 늘 신기하면서도 기분 좋게 느껴졌다.

'집중집중집중집중……'

분위기의 즉각적인 변환에 발맞춰, 영석의 의식도 한없는 집중력으로 물들기 시작했다. 페더러에 대한 괴리감 같은 것은 지금이 순간, 시합을 하는 것에는 아무런 영향을 미치지 않는다. 오로지 시합에 관련한 것, 소위 말하는 '시합 모드'가 되어야 한다는 것이다. 그리고 영석은 이에 대해서는 세계 제일을 자부할 정도로 자신이 있었다.

슥—

눈빛이 바뀌고, 몸에서 뿜어내는 기세가 바뀌었다.

너무나 순식간에 일어난 변화다.

제로백에 극히 적은 시간만 소요되는 우수한 스포츠카처럼 말이다.

아직 공 한 번을 주고받지 않았지만, 영석은 집중의 화신이 되었다.

스윽—

관중석이 시야에서 날아간다.

스윽—

뒤이어 코트 주변의 모든 인물들도 사라진다.

주심은 물론이고, 부심 네 명과, 볼키즈 여섯 명도 온데간데없이 의식에서 사라진다.

"…이건……."

영석은 이와 같은 경험을 한 적이 있다.

그것도 몇 번이나.

익숙한 감각이 들자, 들떠 있던 몸이 차분하게 가라앉는다.

'이제부터는 머리의 영역.'

페더러가 공을 토스하는 동작이 슬로모션으로 보이기 시작한다.

저 공은 영석의 체감 시간상 5초 정도 후에 짓쳐 들기 시작할 것이다. 지금까지의 경험으로 보자면 말이다.

힐끔.

그 와중에, 페더러의 차가우면서도 기계적인 시선이 영석이 서 있는 듀스 코트의 서비스라인을 훑는다.

그 순간은 매우 짧았지만, 영석은 당연하게도 그 시선을 포착해 내는 것에 성공했다.

지금의 영석에겐 페더러의 눈동자의 움직임 정도는 눈에 훤히 보였기 때문이다.

'와이드군. 그것도 아웃에 가까운 인. 시작부터 아슬아슬한데?'

영석은 그 자리에서 아무런 기색을 내비치지 않았다.

어디로 서브가 꽂힐지 예상을 했다고 하더라도, 그 코스를 의식하고 있다는 것을 보이면 안 된다. 선수는 공과 라켓이 맞닿기 0.2~0.3초 전에도 서브의 코스를 바꿀 수 있다.

영석의 시선, 어깨, 발 등 모든 것들은 아무런 정보를 내비치지 않았다.

콰아아앙!!

모든 것이 느려진 세계에서, 페더러의 서브가 터졌다.

공이 천천히, 아주 천천히 네트를 넘어오고 있었다.

'맞군.'

공이 쏘아져 들어오는 각도, 공에 걸린 회전까지 검토한 후에, 영석은 예상했던 코스로 공이 들어오고 있음을 확신하고 몸을 움직였다.

그 와중에도 페더러의 얼굴에서 자신감을 엿볼 수 있었다.

그 표정은… 에이스를 확신하는 표정이었다.

페더러 그 자신도 치는 순간 직감했던 것이다. '이 서브는 내가 구상했던 대로 꽂히겠군'이라는 확신 말이다.

'완벽한 플랫 서브. 스핀이 깨끗해. 코스도… 정말 아슬아슬한 곳을 잘도 노리는구나. 반응하기 어려울 수도 있어.'

아무리 느려진 세계라 하더라도, 영석의 몸놀림도 느려지기 때문에 220~230㎞/h가 되는 서브는 여전히 빠른 것이었다. 예측했다고 해서 무조건 받아낼 수 있는 영역의 문제가 아닌 것이다.

스윽—

'다행히 와이드면… 내 백핸드지. 조금 자세가 무너져도 라켓면만 잘 만들고 있으면 공은 원하는 곳으로 보낼 수 있을 거야.'

오른발을 크게 오른쪽으로 벌리듯, 첫 스텝을 밟은 영석은 곧바로 의식을 '어디로 보낼 것인가.'의 문제로 옮겼다. 공은 네트를 넘어와서 영석의 코트에 자리하고 있었다.

'……!!!'

그 순간, 영석은 페더러의 직감에 놀랐다.

영석이 자신의 서브를 칠 수 있을 것 같다는 판단이 들었는지, 단숨에 긴장을 끌어올리기 시작한 모습을 봤기 때문이다.

'어디로 보내도 받을 수 있을까?'

영석은 시험해 보기로 작정했다.

마침 공은 바닥을 한 번 찍고 튀어 오르고 있었다.

콰아아앙!!!

포탄이 불에 붙어 터지는 것 같은 소리가 영석의 라켓에서 터진다.

느려진 세상이라 타구음이 길게 이어지며 고막을 괴롭힌다.

그와 동시에 땀방울이 영석의 눈으로 굴러떨어졌다.

그리고 느려진 세상은 순간, 다시 정상적인 속도감을 되찾았다.

'쳇.'

아쉬워한 영석은 짧은 고갯짓으로 땀을 털어내고 페더러를 주시했다.

쉬익—

스트레이트로 받아낸 공은 당연하게도 페더러에게 오픈 스페이스였다.

끽, 끽!!

이미 영석이 리턴할 수 있을 거란 것을 알아챈 페더러는 제법 여유 있게 몸을 날렸다.

하지만 정신적으로 여유가 있는 것과, 물리적인 여유는 다른 차원의 영역.

발에 불이 나게 스텝을 밟는 페더러의 모습이 정보가 되어 영석의 머릿속에 저장되기 시작했다.

'역시, 최고 전성기 때와 스텝이 확연하게 다르구나. 공간의 낭비가 있어.'

펑!!

그래도 신체 능력은 군계일학(群鷄一鶴)인 페더러다.

어느새 공에 따라붙어 스윙을 짧게 가져갔다. 그 스윙조차도 영석에게 정보가 되었다.

'타이밍을 정확하게 잡기보다 모자란 시간을 다른 방법으로

가져가는군. 이런 점도 달라.'

짧은 스윙은 대번에 힘이 잔뜩 들어가 있다는 걸 알 수 있었다.

그때였다.

영석은 아주 반가운 것을 본 듯한 얼굴을 하고 있었다.

페더러가 저돌적인 기세로 네트로 돌진하기 시작한 것이다.

'이것만큼은… 변함이 없군.'

끽!!

페더러가 보낸 공에 따라붙은 영석이 강맹한 스윙을 펼친다.

펑!!!

그 공은 곧게 직선을 그리고 쭉쭉 뻗어갔고, 돌진하고 있던 페더러는 눈을 빛내며 팔을 뻗었다. 물론, 다리도 함께 움직였다. 다른 선수와는 다르게, 한 번에 다리를 찢기보다 그 순간에 엄청난 잔발 스텝으로 움직인 것이다. 과연 사람이 보일 수 있는 스텝인지 의심이 들 지경이다.

이 모든 것은 찰나의 순간 펼쳐진, 그야말로 감탄이 나오는 반사 신경에서 기인했다.

팡!!

그리고 라켓에 간신히 걸친 공은 힘을 잃고 네트를 다시 넘어가 바닥에 두 번 튕겼다.

"휘이이이익!!"

완벽한 패싱샷과 그것을 잡아 잘라낸 발리.

결승전의 첫 포인트부터 살벌한 전개가 흐르자, 관중들이 큰 환호를 보냈다.

영석은 쓰게 웃었다.

'저런 걸 보면, 확실히 타고났단 말이지.'

영석 자신을 페더러의 상황에 대입해 봤을 때도 방금 전의 발리는 조금 무리가 있을 수 있었다.

즉, 방금 전 페더러가 보인 플레이는 대단했다.

그리 크지 않은 키, 빠르지 않은 몸을 갖고도 페더러는 믿기지 않는 샷을 쳐낼 때가 많았다. 무엇보다 그가 대단한 것은, 그 모든 놀라운 샷들이 '지극히 자연스럽게' 보인다는 것에 있다.

그것은 단 한 용어로 정리가 되는 현상이었다.

—천부적인 재능.

'한 포인트로는 안 끌려 내려온다는 거지…….'

영석의 마음속에서 페더러는, 일종의 '테니스의 신'이었다.

영석 자신은 '신과의 대결을 꿈꾸는 혁명자'였고 말이다.

대결은 성사됐고, 두 선수는 같은 무대에 있는 게 현실이었다.

영석은 마음속의 페더러도 얼른 '같은 무대'로 끌어내리고 싶었다.

"……."

자신을 주시하고 있는 것을 느꼈을까.

페더러는 영석을 서늘하게 한번 바라보고는 몸을 돌려 베이스라인으로 돌아갔다.

*   *   *

영석은 유명세를 만끽하는 편이 아니었지만, 2003년 3월인 지금 이 시점에서, 영석의 지명도는 상당했다. 지금 이 두바이 오픈에서도 간혹 영석의 이름이 연호되는 것을 보면 알 수 있다.

그만큼 페더러에게는 크나큰 압박이 지속되고 있었다.

"……."

자신을 무너뜨린 날반디안.

그 날반디안을 너무나 쉽게 탈락시키고 애거시까지 잡으며 우승을 거머쥔 영석을 보는 페더러의 입장은 '도전자'임에 틀림없다.

서로가 서로에게 도전자가 되는 기이한 현상.

"흠……."

자신이 처한 입장, 페더러가 처한 입장 모두를 냉철하게 지켜보는 영석은 하나의 결심을 내렸다.

'비교하지 말자고 아까부터 마음먹었지만… 지금부터는 진짜 비교하지 말자.'

영석이 기억하는 페더러는 20년의 모습이 혼합된, 일종의 허상이었다.

"지금은……."

펑!!

애드 코트에 자리한 페더러의 서브가 이어지고,

"그냥 톱 프로."

영석은 다리를 현란하게 놀렸다.

*   *   *

쾅!!

페더러의 이번 게임 열여섯 번째 서브가 꽂혔다.

플랫으로 꽂은 퍼스트 서브가 몇 번이고 네트에 꼬라박히거나 아웃되었기 때문인데, 이는 영석이 페더러의 퍼스트 서브를 단 한 개도 놓치지 않고 리턴을 했기 때문이다. 점점 더 예리한 플랫 서브를 구사하려다 보니 번번이 라인을 넘거나 네트를 못 넘은 것이다.

그리고 지금.

두 번째 듀스, 어드밴티지 서버(페더러)의 상황이 왔고, 영석과 페더러는 10구째 베이스라인에 서서 공을 주고받고 있었다.

쾅!!

포핸드, 백핸드를 가리지 않고 일정한 품질의 공을 구사하는 영석은 페더러가 네트로 못 나오도록 견제를 하고 있었다.

'그라운드 스트로크 능력도… 더 봐야지.'

상대의 네트플레이를 견제하는 방법은 간단하다.

─짧은 공을 주지 않고, 톱스핀이 많이 걸린 공을 베이스라인에 붙여서 줄 것.

이처럼 쉽지만, 현실에서 이를 구현하는 것은 상당히 어렵다.

하지만 영석은 스트로크에 있어서도 귀재 중 으뜸인 선수.

지금의 페더러가 뿌려대는 공은 영석의 의지 아래 놓여 있을 수밖에 없었다.

쾅!!

느닷없이 페더러의 공이 크로스로 짧게 떨어진다.

영석을 네트 근처로 끌어내면서 승부를 걸 심산인 것이다.

"흡!"

순간적으로 영석의 허벅지가 크게 부풀어 오르며 쏜살같이 폭발한다.

끽, 다다다다닥! 끼, 끽!!

급박하게 달려온 영석은 두 팔을 길게 뒤로 뺐다.

몸이 꿈틀거리며, 심상찮은 기색이 영석의 몸에서 퍼져 나가기 시작하자, 페더러가 움찔— 몸의 긴장을 끌어올린다.

쉬익—

영석의 팔이 대기를 가르고,

퉁!

영석은 공에 맞기 직전에 오른 손을 라켓에서 떼며 공에 역스핀을 걸어버렸다.

툭, 툭……

페더러는 움찔움찔거리다가 그 공을 망연자실하게 바라봤다.

급박하게 달려와서 낮은 공을 걷어내려면 통상적으로 거리가 길어지는 크로스를 선택해서 공이 네트에 안 걸리게 해야 한다. 영석은 공을 치기 바로 직전까지 그런 기세를 보였던 것이고, 끝에 가서야 힘을 풀어내 드롭샷을 구사한 것이다.

'네가 잘하던 거야.'

단순한 속임수.

하지만 잘만 속이면, 상대의 폐부를 깊숙이 찌를 수 있는 샷이었다.

"듀스!"

영석은 세 번째 듀스 게임을 만들어내며 씨익 웃음 지었다.

Chapter 56
그의 각성(覺醒),
그리고…

결국 영석은 첫 번째 게임에서 브레이크에 실패했다.

결론적으로 실패했다는 사실 자체는 아쉬웠지만, 과정을 놓고 봐서는 영석의 이득이었다.

무려 다섯 번의 듀스가 이어졌고, 1세트 첫 번째 게임에만 15분이 넘는 시간이 소요됐다.

'전개에 있어서 일정한 패턴이 없어. 포인트를 설계하는 능력이 부족해. 내가 치는 것에 대응해서 그때그때 판을 짜려고 하고 주도적인 느낌을 주지 못해.'

신랄한 평가가 이어진다.

'서브는 그럭저럭, 포핸드 스트로크는 최상(最上), 백핸드는 상(上), 스텝도 상(上), 기술력은… 극상(極上). 이제 리턴을 지켜봐야지.'

스코어는 0 : 1.

이제는, 영석의 서브 게임이다.

                    *   *   *

터뜨리는 스스로가 놀랄 정도의 좋은 컨디션.

영석의 벼락 세례가 페더러의 의식을 하얗게 불태우기 시작했다.

쾅!!!

"피프틴 러브(15 : 0)."

서브 에이스.

콰앙!!

"서티 러브(30 : 0)."

서브 에이스.

쾅!!

틱!!

"포티 러브(40 : 0)."

세 번째에 이르러서야 영석의 공에 반응하기 시작한 페더러다.

'두 번만 봐도 적응이 된다는 거지.'

세 번째 서브는 비록 라켓을 스친 것에 불과했지만, 발을 딛는 동작과, 라켓이 공에 닿기까지의 시간이 적당하게 보였다. 즉, 눈으로 정확히 공을 포착하기 전에 몸이 서브의 리듬에 익숙해진 것이다. 무려 230km/h의 서브가 총알처럼 꽂히는데 말이다.

'…흠.'

그럼에도 불구하고 영석의 안색은 서리가 내린 것처럼 고요하고 차분했다.

반면에, 페더러의 안색은 살짝 핏기가 가신 상태였다.

'경험해 보지 않은 것을 실제로 만났을 때, 사람은 겁을 먹지. 그리고 어떻게든 이겨내려고 발악하고.'

영석은 페더러의 심리를 정확하게 꿰뚫고 있었다.

아마도, 페더러는 첫 번째 서브에는 의아함을, 두 번째 서브에서는 공포를, 세 번째 서브에서는 손을 댄 것만으로 조금의 희망을 품은 상태일 것이다.

이런 점을 캐치한 영석은 시리게 웃으며 애드 코트에서의 서브를 준비했다.

휙— 퉁.

휙— 퉁.

볼키즈가 베이스라인에서 한참 뒤에 떨어진 공간에서 공을 두 개 던져줬다.

'흠……'

영석은 스스로의 서브에 만족을 하고 있는 상태에서 새삼 볼키즈가 공을 던져주는 것을 보고 감탄했다.

공을 기다리는 선수의 1m~1.5m 정도 앞에 '반드시' 공을 튕겨서 건네야 한다. 선수가 허리를 굽힐 필요도 없이 선 자세에서 쉽게 공을 받을 수 있도록, 바운드되는 높이도 일정해야 한다. 이는 훈련받지 않고서는 쉽게 할 수 없는 일이다.

"고마워."

훌륭하게 공을 건넨 볼키즈에게 가볍게 고마움을 표한 영석이 어쩐 일로 손아귀에 잡힌 두 개의 공을 내려다보았다. 둘 중에 하나를 골라야 되기 때문이다.

한 개의 공은 계속해서 퍼스트 서브가 성공했었기 때문에, 영석의 주머니에 얌전히 들어가 있는 상태다.

'이놈.'

공 하나를 고른 영석이 나머지 하나의 공을 가볍게 뒤로 굴렸다.

다다다!

볼키즈가 빠른 걸음으로 공을 줍는 모습이 등 너머에서도 느껴졌다.

'보자. 꺼낼까 말까.'

고민하는 척하며 스스로의 즐거움을 북돋을 뿐, 영석의 선택은 정해져 있었다.

─무기력에 젖게 해야 한다.

답은 정해져 있다.

이제 실행만 하면 된다.

퉁, 퉁, 퉁, 퉁, 퉁…….

이 서브를 준비할 때면, 영석은 아주 약간 공을 빠르게 바닥에 튕긴다.

자신도 모르는 일종의 버릇인데, 아무도 알 리가 없다.

영석 본인도 모를뿐더러, 이 서브는 바로 어제, 사핀과의 준결승전에서 처음 선보인 것이니 말이다.

휘익─

아주 약간 몸을 띄우는 이 높이도 상대 선수는 잘 인식하지 못한다.

원래도 자연스럽게 몸을 띄우게 마련인 서브인데, 영석이 여기에 더하는 높이는 5~10㎝ 사이이기 때문이다.

쉬이―――익! 쾅!

이 서브의 단점이라면 토스를 하고 라켓이 공에 닿기까지 평소보다 0.5초 정도의 시간을 더 필요로 한다는 것 하나다.

쿵!!

페더러는 이 사실을 당연히 몰랐고, 영석의 서브는 옴짝달싹도 못 하는 페더러를 지나쳐 갔다.

1 : 1.

"후!"

황홀한 속도의 서브를 꽂은 영석은 어깨를 한 번 돌리고 여유있어 보이는 미소를 보였다.

시합은 명백히 영석의 흐름을 타고 있었다.

＊　　　　　＊　　　　　＊

지금까지 붙어왔던 많은 선수들이 그랬듯, 영석을 상대하는 페더러는 지금 뒤를 돌아볼 여유조차 없이 사력을 다해 달아나고 있었다.

자신의 서브 게임은 죽을 고생을 다해서 지키고, 영석의 서브 게임은 손쉽게 잃는다.

이 불공평한 레이스의 과정이 너무나 가혹하게 페더러를 압박하고 있는 상태다.

가끔 압박에 못 이겨 브레이크라도 당하게 되면, 따라잡을 생각에 현기증이 날 지경인 것이다.

4 : 2.

단 한 번.

단 한 게임을 브레이크당했을 뿐인데, 스코어는 두 게임 차로 벌어졌다.

'그리고 두바이 오픈은 메이저 대회가 아니지.'

5세트 경기를 펼치는 것이 아닌, 3세트 경기.

한 세트라도 뺏기면, 바로 내몰린다.

그 점을 정확하게 인지하고 있는 페더러의 온몸이 잘게 떨리기 시작했다.

서브를 위해 쥐고 있는 공이 살짝 일그러진다.

눈에서는 정광이 쏟아져 나온다.

초조함과 분노가 섞인 투쟁심이 배어 나오기 시작했다.

'이제… 조금은 나아지겠군.'

완벽하게 우위에 선 입장에서 페더러를 손 위에 올려놓고 감시하고 있는 영석의 시야에, 페더러의 이런 모습은 예민하게 포착되었다.

"그냥 이기는 건 재미없어. 이름값을 해다오."

나지막이 중얼거리며 자세를 낮추고 손안에서 라켓을 빙글빙글 돌리기 시작하는 영석의 눈에 기대감이 어리기 시작했다.

*　　　　*　　　　*

쾅!!

서브 게임에서 페더러가 구사하는 전술은 곁가지가 잘려 나가기 시작했다.

영석이 깜짝 놀랄 정도의 속도로 공이 라켓을 떠나고 네트에 박혔다.

'컨트롤이 안 되는, 능력 밖의 플랫 서브.'

페더러는 안 들어갈 걸 예상했는지, 침착한 표정으로 빠르게 세컨드 서브를 이어갔다.

펑!

휘이익―

공이 기묘한 곡선을 그리며 날아와 영석 앞에 찍히더니 높이 튀어 올랐다. 영석의 몸 쪽으로 파고드는 절묘한 스핀 서브.

끽, 끼긱!

페더러가 네트로 돌진하는 소리가 영석의 귀에 꽂혔다.

'안 돼.'

끽!

가볍게 몸을 띄워 우측으로 살짝 빠지고, 심드렁한 얼굴로 팔을 가볍게 휘둘렀다.

공은 제법 높게 솟아올랐지만, 키가 워낙 큰 영석은 타점 자체가 높았기 때문에, 처리하기에 너무나 무난한 높이의 스핀 서브가 된 것이다.

쾅!!!

그리고 공은 왔을 때보다 빠른 속도로 돌아갔다.

"러브 피프틴(0 : 15)."

페더러의 얼굴이 참혹하게 일그러진다.

휙—

그러곤 라켓을 땅에 집어 던지더니, 하늘을 한번 올려다보고 한숨을 쉬었다.

'허. 젊을 땐 화도 제법 냈군.'

광폭함의 절정인 사핀을 겪은 영석에게, 페더러의 분노는 '투정'으로 느껴졌다.

오히려 실망감이 들 정도.

'몸 쪽이 아니라 바깥쪽으로 흐르는 스핀 서브였다면… 조금은 나았겠지.'

다듬어지지 않은 플랫 서브에, 날카로운 스핀 서브까지.

단 두 개의 서브를 겪은 영석은 이내 페더러의 전술을 알아차렸다.

—들어가면 에이스를 노릴 수 있는, 확률 낮은 플랫 서브.

—퍼스트 서브가 안 들어갔을 경우, 날카로운 스핀 서브로 영석의 리턴 자체를 약화시킨다.

—그리고 발리로 중간에서 끊어먹는다.

보통 플랫 서브가 빠른 선수들이 즐겨 하는 서브&발리의 응용판이었다.

그만큼 페더러는 자신의 스핀 서브에 자신감이 있는 모양이었다.

'확실히 내 스핀 서브보다는 뛰어나. 하지만… 내가 못 칠 공은 아니지.'

난제로 가득한 과제를 던져주는 악덕 선생의 마음이 이럴까.

영석은 페더러가 뚫고 나가려는 구멍 하나하나를 막아가는 재미에 스스로 고양되고 있음을 느꼈다.

*   *   *

한 번의 더블폴트가 이어졌다.

스코어는 러브 서티(0 : 30).

페더러는 더 몰리게 되었고, 상대적으로 영석은 일말의 여유를 얻어갔다.

하지만 영석은 얻어낸 여유를 뒤로하고, 달아나려 하는 집중력의 뒷목을 잡아채 끌고 왔다.

'플랫이… 들어왔으면 아예 손도 못 댔겠어.'

센터로 꽂히려다 네트에 걸린 첫 번째 서브.

그 궤적의 꼬리를 이어 착지 지점을 유추하면, 아웃에 가까운… 그러나 선에 미세하게 발을 걸쳐서 결코 받아낼 수 없는 서브가 됐을 것이다.

'들어온다.'

듀스 코트로 걸어가 공을 가볍게 바닥에 튕기고 있는 페더러를 보자 '예감'에 가까운 확신이 들었다.

쾅!!

"큭"

네트를 살짝 넘겨 짧게 떨어진 서브가 영석의 먼 앞에서 서비스라인 한가운데쯤에 한 번 튕기고 코트 밖으로 속절없이 달아나고 있었다.

영석은 이를 악물고 쫓아가 팔을 거세게 휘둘렀지만,

촤르륵!

공은 네트에 걸려 넘어가지 못했다.

"……."

이번 결승전에서 처음으로 나온 영석의 리턴 실패.

페더러는 성공적인 서브를 날렸음에도 결코 기뻐하는 기색이 없었다.

감을 잃어버리지 않도록 서둘러 애드 코트로 걸음을 옮겼을 뿐이다.

촤르륵―

벌써 이번 게임 두 번째 더블폴트였다.

감을 잃어버리지 않은 건 맞았지만, 애드 코트와 듀스 코트라는 미묘한 차이로 인해 공은 네트에 연달아 꼬라박혔다.

피프틴 포티(15 : 40).

'들어오겠지.'

이번에도 묘한 확신이 들었다.

아니, 생각해 보니 묘할 이유가 없는, 합리적인 이유가 있었다.

1세트 시작하고 지금까지 보인 페더러의 플랫 서브는 듀스 코트일 때 더 높은 확률로 들어왔었다는 것을 막연하게나마 몸이 기억하고 있는 것뿐이다.

쾅!!

어김없이 강렬한 타구음과 함께 '성공'을 확신할 수 있는 서브가 터졌다.

이번에도 코스는 센터.

아까와 마찬가지로 짧게 떨어져 영석의 좌측으로 멀리 튕겨져 나가고 있었다.

'우연이 아니라면……'

끽, 끽!!

몸에 힘을 뺀 영석이 좌로 두 번의 스텝을 밟는다.

짧게. 그리고 잘게.

공간을 자르고 들어간 영석이 섬뜩하게 느껴지는 일검(一劍)을 허공에 그었다.

쫘앙!!!

완벽한 타이밍, 완벽한 스위트스폿, 예리한 코스.

삼박자를 갖춘 영석의 포핸드 리턴이 허공에 직선을 그린다.

툭, 툭…….

'받아칠 수 있지.'

한 번 봤던 것은, 의식하고 있다면 또다시 당하지 않는다.

이는 영석도 충분히 가능한 일이다. 그러기 위해 필요한 모든 능력은 차고 넘친다.

천재는, 페더러뿐만이 아니었다.

            *   *   *

일그러짐의 끝은 어디일까.

5 : 2라는 절망적인 스코어에서 영석의 서브 게임을 맞이한 페더러의 얼굴을 보면 알 수 있었다.

자신이 브레이크당했다는 것을 깨달았을 때의 페더러는 흉신악살처럼 얼굴을 구기고 또 구겼다.

라켓을 던지려고 팔을 치켜들기를 몇 번, 결국 라켓을 던지지 않은 페더러는 영석이 서브를 준비하는 동안 크게 심호흡하는 것을 선택했다.

그리고 나타내는 기세는 무(無).

"사핀하곤 정반대군."

침착함을 넘어서 냉혹한 느낌을 주는가 싶더니, 기어코 흐르지 않는 물이 됐다.

맑은 거울과 고요한 물을 뜻하는 명경지수(明鏡止水)라는 명사가 절로 떠오르는 상태였다.

일말의 인간성조차 느껴지지 않는다는 점에서는 사핀과 똑같지만, 방향이 정반대였다.

"그래, 그 얼굴이지."

눈조차 몇 번 깜빡이지 않고, 허공에 시선을 둔 채 그저 가만히 서 있는 페더러를 보는 영석의 얼굴이 흥미로 물든다.

이제야 '페더러 같은' 느낌이 들었다.

"하지만……."

통, 통, 통, 통, 통…….

서브가 시작됨을 알리는 동작을 취하자, 영석에게서도 울컥 기운이 쏟아져 나오기 시작했다.

푸르게 느껴지는 냉기가 코트를 물들였다.

"2세트부터 보여줘."

쾅!!!

기다란 채찍 같은 몸 전체를 이용해서 공을 후려치자, 섬광(閃光)이 하얗게 허공을 가른다.

       *   *   *

6 : 2.

6개의 플랫 서브.

영석이 1세트를 마무리 지을 때 소요된 서브의 개수다.

첫 만남의 첫 세트는 다소 기울기가 큰 상태로 끝을 맺었다.

영석은 단 한 번도 브레이크를 허용하지 않았고, 페더러는 무려 두 번이나 브레이크를 허용한 것이다.

영석이 실로 압도적인 퍼포먼스를 보인 것이다.

"후룩."

고대해 왔던 첫 만남에서의 대결이 자신을 충족시키지 못했음에도, 벤치에 앉아 상쾌한 표정으로 음료를 마시는 영석은 즐거워 보였다. 그러나 그것이 자신의 무난한 승리를 예감해서는 아니었다. 오히려 반대였다.

마지막에 보인 페더러에게서 심상찮음을 느꼈던 것이다.

그것은 기세일 수도 있고, 그의 정신 상태일 수도 있다.

'잘하면… 정말 잘하면, 3세트까지 갈지도.'

승리를 장담하기는커녕, 한 세트를 뺏길 수도 있다는 것을 염두에 두는 것에 있어서도 영석은 전혀 개의치 않았다.

'항상 몰아붙이기만 해서는… 한계가 와.'

세상 그 어떤 선수도 일생을 승리만 하며 살아가진 못한다.

지는 것에 부담을 느끼는 것은 이미 영석의 뇌리에서 없어진 명제다.

지금 남아 있는 것은 단 하나.

한계를 지우겠다는 목표다.

그 원대한 목표를 위해서라면 한 세트가 아니라 패배까지도 기꺼이 감수할 수 있었다.

'그라면… 자격이 있지.'

입안 가득 머금은 음료수가 달았다.

*   *   *

규정에 따라 1세트의 마지막 서브를 했던 영석은 2세트에서 페더러의 서브 게임을 첫 게임으로 맞이하게 됐다.

공교롭게도 1, 2세트 둘 다 서브 게임으로 시작하지 못한 것이다.

고오오오―

다시금 침묵으로 인한 소음이 두 선수의 몸을 두드리기 시작했다.

쾅!!

"피프틴 러브(15 : 0)."

한줄기 벼락이 영석의 곁을 스쳐 지나갔다.

1세트 마지막에 보인 서브에서 각성(覺醒)한 '미래의 황제'는 이어지는 2세트에서 더욱 진일보한 서브로 자신의 서브 게임을 시작한 것이다.

'로딕… 의 수준.'

우연인지 아닌지, 그것을 판가름할 수는 없다.

쾅!!

촤륵—

애드 코트에서 이어진 강렬한 플랫 서브는 네트에 박혔다.

페더러가 살짝 머리를 흔든다. 영석의 얼굴이 자신도 모르는
새 긴장으로 물든다.

다시금 '듀스 코트'에서의 서브가 이어졌다.

쾅!!

끽!

양손으로 바투 잡은 라켓을 짧게 휘두르는 것으로 간신히 공
에 손을 댄 영석이 네트 너머의 페더러를 응시한다.

"……"

퉁!

언제 날아왔을까.

네트에 붙은 페더러는 가벼운 발리로 공을 떨궜다.

강서버에게 허락된 전통적인 서브&발리.

그것을 구사하는 것에 있어 페더러는 이 순간, 로딕보다 나았다.

최소한 영석에게는, 그렇게 느껴졌다.

'흠……'

*   *   *

2 : 2.

한 게임 풀어내는 것에 20분 가까이 소요된 1세트와 다르게, 2세트는 게임이 빠르게 진행됐다.

한 단계 진화를 이룩한 영석의 서브는 여전히 페더러에게 난제(難題)로 작용하고 있었고, 진화가 아닌 패러다임의 변화를 보인 페더러의 서브는 마찬가지로 영석에게도 어려운 문제로 작용하고 있었다.

심지어 페더러는 경기가 진행되면서 서브의 폼까지 미세하게 바뀌는 모습을 보이며 놀라움을 선사했다.

"……."

두 선수는 서로 숨조차 소리 내어 쉬지 않고, 최고의 집중력을 발휘하고 있었다.

마찬가지로, 관중들 또한 침을 꼴까닥 삼키며 이 고요하면서도 폭발적인 경기를 지켜볼 따름이었다.

영석의 짙고 거친 눈썹이 살짝 찌푸려진다.

'내가 원했던 전개는… 아직 오지 않는군.'

서로가 서로의 몸에 수십 개의 자상(刺傷)을 그려 넣으며 선혈이 낭자한 싸움을 지속하는 것.

그것이 영석이 바라는 싸움이었다. 지금처럼 일합(一合)에 목을 따는… 이런 그림은 마뜩지 않았다.

'결국 누가 먼저 상대의 서브에 익숙해지느냐에 따라 달렸군.'

가볍게 뱉은 숨이 대기 중에 덧없이 흩어졌다.

*   *   *

4 : 3.

겨우 10여 분이 흘렀을 뿐인데, 스코어는 속절없이 쌓여갔다.

통, 통, 통, 통, 통…….

"후욱!"

적당한 농도의 숨을 내뱉은 영석이 공을 토스한다.

수천, 수만 번을 반복한 탓인지, 허공에 그려지는 팔의 궤적이 정밀하다.

쾅!!

폭음과 함께 탄환처럼 날아간 공은 오늘만 해도 수십 번은 안착한 그 장소에 또다시 몸을 던진다.

쿵!!

스윽―

공이 땅에 찍히며 튀어 오름과 동시에, 그 장소에 페더러는 도착해 있었다.

펑!!!

서브 코스의 패턴을 읽은 것인지, 대범하기 짝이 없는 페더러의 선택은 성공했고, 영석의 목줄을 움켜쥐기 위한 리턴이 폭발했다.

"훅!"

숨을 굵게 뱉은 영석이 몸을 던진다.

당황하지 않았는지, 한 치의 망설임도 없는 움직임이 펼쳐졌고,

끽!

펑!!

성공적인 리턴을 막아내는 것에 성공했다.

"……!!"

페더러는 그런 영석의 공을 베이스라인 근처에서 기다리고 있었다.

그 모습을 본 영석은 그제야 놀라움을 보이고 라켓을 고쳐 잡았다.

'드디어……!'

끽, 끼긱!! 펑!

듀스 코트에 서 있는 페더러가 영석의 공을 크로스로 찌른다.

그 한 번의 스윙에서 영석은 아주 자그마한 변화를 느꼈다.

전에 비해 궤적이 미끈해지고, 타이밍이 묘하게 빨라졌다.

쉬익—!

페더러의 모습을 보는 건 거기까지.

네트를 넘어온 공을 향해 영석은 또다시 거구를 던졌다.

탓, 타다다다! 탓, 탓!

듀스 코트로 진입하는 것에 성공한 영석이 순간적으로 타점을 계산한다.

'조금 늦었어!'

생각했던 것보다 조금 더 뻗은 공을 노려본 영석이 이를 악문다.

순간적으로 손등의 핏줄이 바짝 솟구치고, 광배근이 크게 부풀어 오른다.

꽝!!!

부족한 시간을 강하고 짧은 스윙으로 만회한 영석은 스트레이트로 뻗어나가는 공을 보며 다급하게 몸을 돌렸다.

끽, 끽!

페더러가 벼락처럼 몸을 움직인다.

시간이 모자란 건 페더러도 마찬가지.

스트레이트로 뻗어온 공을 걷어내기 위해 백핸드 슬라이스로 응수한다.

영석에게 등을 보일 정도로 몸을 돌려야 했지만, 어딘지 모르게 품위가 느껴지는 몸놀림이었다.

"……."

영석은 뇌리를 찌르르 울리는 위화감에 흠칫했다.

퉁!

드롭도 아니고 슬라이스도 아닌, 어중간한 공이 네트 언저리에서 떨어진다.

훅!

영석은 가볍게 뛰어가면서 위화감이 왜 생겼는지 그 이유를 분석했지만, 딱히 특별한 이유를 찾지 못했다. 그럴 때는 지금 당장 해야 할 일에 집중하는 것이 좋다고 느낀 영석이 눈을 빛냈다.

'발리로 끊자.'

스펑!

스핀을 잔뜩 걸어 듀스 코트 쪽으로 공을 날린 영석이 몇 번의 스텝을 통해 네트로 접근했다.

탓! 끽! 다다다다다!!

페더러가 다시 자신의 빈 곳을 향해 다리를 놀리기 시작했다.

영석이 집중력을 끌어올려 그 움직임을 지그시 바라봤다.

"…러닝 포핸드."

기세를 보니 러닝 포핸드가 분명했다.

발바닥에서 찌릿— 하며 묘한 느낌이 몸을 관통한다.

'스트레이트냐 크로스냐.'

대개 이런 경우엔 스트레이트로 처리하게 마련이다.

뛰는 와중에 정교한 손목 컨트롤이 요구되는 크로스로 처리하기엔 희생해야 할 것이 너무 많았다. 불안정함, 네트에 나와 있는 상대의 발리까지…….

치기도 쉽고, 성공하기도 쉬우며, 상대가 더 받기 힘들기까지 한 스트레이트로 들어올 확률이 절대적이었다.

"……."

머리로는 스트레이트가 예상됐지만, 몸에서는, 정확히는 다리에서는 크로스로 가라고 명령하고 있었다.

잠시 망설이는 찰나,

쉬익—

페더러가 팔을 뒤로 뺐고, 영석은 선택을 강요받았다.

'크로스!'

쾅!!!

페더러의 라켓에서 떠난 공이 훌쩍 공중에 뜨더니 빠르게 떨어지기 시작했다.

코스는 크로스. 톱스핀을 어마어마하게 먹은 공이 수직으로 하강하는 새처럼 네트를 넘자마자 저 멀리에 맹렬하게 꽂히기 시작했다.

"큭!!"

신음을 낸 영석이 길게 다리를 벌리며 팔을 쭉 뻗었다.

팡!

크로스로 들어올 것을 예상했음에도, 상상 이상의 날카로운 구질로 인해 최적의 대처를 하지 못한 영석은 둥실 떠서 네트를 다시 넘어가는 공을 한차례 아쉬움이 담긴 눈빛으로 쓸더니, 두 다리를 네트 앞에 굳건히 세우고 페더러의 움직임을 살폈다.

' 그리고…….

"아……."

사이드 스텝으로 빠르게 공을 향해 다가오고 있는 모습이 영석의 눈에 아른거렸다.

망막에 맺히고, 뇌리로 파고든다.

끽, 끽! 사삭!!

밑창이 땅에 닿자마자 둥실— 몸을 띄워 사이드 스텝을 이어 간다.

공에 근접해 가면서 왼손은 공을 향해 쭉 뻗기 시작하고 오른 팔은 뒤로 뺀다.

스슥, 슥!

엄청난 속도로 움직이고 있었지만, 소음은 거의 없었다.

둥실— 둥실— 몸이 허공에서 춤추는 것 같았다.

깃털이 바닥에 스치고 다시 떠오르는 모양새.

나풀나풀거리는 몸놀림이 비현실적으로 느껴지기까지 했다.

끽!

마침내 사정권에 도착한 페더러가 살짝 디딤 발을 내딛는다.

후웅—

그리고 몸을 띄운다.

그 모습이 어쩐지 느린 모습으로 보였다.

'인사이드—아웃.'

공중에서 유영하듯 몸을 살짝 비튼 페더러가 미려하게 팔을 휘두른다.

쾅!!

쉬익!

"……."

쿵!

코스까지 예측했지만, 영석은 옴짝달싹도 하지 못했다.

온몸을 떨어 울리는 전율 때문이다.

'위화감은… 이거였나?'

영석의 뇌리로 이번 포인트에서의 랠리 과정이 떠오른다. 정확하게는 공의 궤적.

공의 궤적을 선으로 만들어 빳빳하게 펴기도, 둥글게 말기도 한다.

그리고 완성된 도면.

그것은, 영석이 그토록 열등감을 느끼게 만든, 페더러의 전유물이었다.

*   *   *

인사이드—아웃.

오른손잡이 선수가 포핸드를 자신의 1~2시 방향으로 치는 것이다.

백핸드의 경우엔 반대로, 10~11시 방향으로 치면 된다.

흔히 크로스의 반대 개념으로 알아 '역크로스'라고 부르기도 하는 코스다.

프로라면, 누구나 이 샷을 꽤나 정밀하게 구사할 수 있다.

딱히 대단할 것도 없다는 것이다.

'하지만… 페더러만큼은 예외지.'

그는 이 샷으로 한 포인트를 마무리 짓는 것에 특화된 선수다. 특히 포핸드로 구사하는 인사이드—아웃 샷은 특출 나다.

샷이 날카로운 것은 두말할 것도 없다. 그는 이 샷에 한정한다면 세상에 존재했던, 존재하고 있는 모든 선수를 통틀어 무조건적으로 1위에 꼽힌다.

더 무서운 것은 이 샷을 치기 위해 앞의 몇 구를 깔아두는 설계.

이른바 '황금 레퍼토리'라고 불릴 정도의 전개로, 그는 300주가 넘게 1위 자리를 유지할 수 있었다.

"……."

영석은 잠시간 엄습하는 아찔함에 두 눈을 꽉 감았다. 그리고 휙 몸을 돌려 베이스라인으로 걸어갔다. 놀라움을 굳이 상대에게 보일 필요는 없었기 때문이다.

저벅, 저벅—

걸음을 하나씩 옮기며 영석은 빠르게 생각을 정리하기 시작했다.

'못 당해낼 건 없어. 우선, 백핸드를 철저하게 묶어서 전개의

시발점을 뭉개는 것.'

이 해법을 가장 잘 실현한 선수는 라파엘 나달(Rafael Nadal)이다.

시종일관 톱스핀이 잔뜩 먹은 공을 뿌려서 페더러로 하여금 방어에 치중하게 하는 방법.

실현하기 어렵지만, 간단한 방법론이다.

'그건 무리야.'

톱스핀을 구사하기보다 쭉쭉 뻗어나가게끔 눌러 치는 것이 영석의 장기.

이 방법론은 지금 사용하기에 무리가 있다.

'지금?'

생각이 거기까지 뻗어나가자, 영석은 의문이 들었다.

'페더러는 지금의 전개를 또다시 실행할 수 있을까?'라는 근본적인 의문이다.

'시험해 보지.'

눈을 번쩍 뜬 영석의 눈에 자리한 건, 생기 넘치는 투쟁심이었다.

*   *   *

영석의 이어진 서브 3개는 에이스를 기록하며, 페더러 쪽으로 쏠리고 있던 시소를 다시 원점으로 돌렸다.

'아쉬울 거 하나 없어야 되지만, 조금은……'

페더러가 이제 막 알을 깨고 진정한 자신의 모습을 드러내려

하는 순간, 영석은 다시금 서브 에이스를 연속으로 터뜨렸다.

시험해 보고 싶은 마음은 여전했지만, 그것은 페더러가 이 서브를 받아내는 것이 우선적으로 전제되어야 했다. 그렇다고 어설픈 서브를 먹이 주듯 던질 수도 없는 노릇.

영석은 할 수 있는 최선을 순간순간 펼쳤고, 페더러는 아쉽게도 그것을 수용하지 못했다

'이젠 내가 네 서브를 받아낼 때가 왔어.'

선수를 빼앗겼지만, 영석은 개의치 않았다.

—페더러가 할 수 있다면, 나도 할 수 있다.

이미 페더러는 우상(偶像)이 아닌, 한 명의 '선수'였다.

      *   *   *

"서티 올(30 : 30)."

다짐하기 무섭게, 영석은 몇 번이고 페더러의 서브를 받아내는 것에 성공했다.

기분 좋은 투쟁심이 이미 한계에 다다른 집중력의 벽을 깬 것인지, 영석은 자유자재로 예의 '슬로모션'으로 페더러를 볼 수 있었고, 어렵지 않게 성공적인 리턴을 구사할 수 있었다.

그리고 리턴 후에 이어진 랠리전에서도 환희는 이어졌다.

펑!!

각성한 것이라고 믿어 의심치 않을 정도의, 훌륭한 전개를 선보인 페더러를 맞이해서일까.

영석의 진화가 또 하나 발생하기에 이르른 것이다.

'선이… 선이 보이는군. 아니, 보이는 건가, 떠오르는 건가?'

포인트가 결정되기까지의 전개를 복기(復棋)하는 것에 능한 영석의 뇌리로 정밀한 도면이 한 장씩 새로 그려지며 덧쌓여 갔다.

펑!!

포핸드로 크로스로 치면 7시 방향에서 1시 방향으로 굵은 선이 그어진다.

걸려 있는 스핀, 속도, 높낮이 등이 세세하게 반영된 선은, 미세하게 요동치는 것처럼 보였다.

팡!!

1시에 선 페더러가 그 공을 스트레이트로 친다.

그럼 도면에 굵은 선이 하나 더 칠해진다.

눈으로 보는 순간, 머릿속에 선의 향연이 이어진다.

이 과정이 조금의 시차도 없이, 동시다발적으로 수행되어서 마치 눈으로 선을 보는 것 같은 기분이 든다.

절로 입가에 미소가 맴도는 것도 잠시, 영석은 의문이 들었다.

'기뻐하긴 일러. 이게… 무슨 소용이 있지?'

뭔가 변화가 있는 것은 즐거운 일이다.

그것이 좋아 보이는 변화라면, 더더욱 환영할 만한 일이고 말이다.

하지만, 지금은 이 이상한 변화를 이용하여 상황을 풀어나갈 수 없다.

아니, 오히려 방해가 될 수도 있다.

생각이 복잡해지기 때문이다.

탓, 탓!!

펑!

'쳇!'

아니나 다를까.

잠시 집중력을 아주 조금 흩뜨렸다는 것을 인지하자마자, 타이밍과 타점이 최상의 합일을 보지 못하게 되었다. 밖에서 보기엔 별 차이를 모르겠지만, 최소한 코트에 서 있는 두 선수만큼은 예민하게 받아들일 수 있는 차이였다.

번뜩.

역시나 페더러는 수세를 타파할 수 있는 지금 이 순간을 놓치지 않았다.

공은 네트를 넘어가지도 않았지만, 빛을 쏟아내는 눈빛에는 활로를 찾은 안도감이 묻어나고 있었다.

그때였다.

파르르르르—

영석의 머릿속에 있던, 펼쳐진 종이 느낌의 복기(復棋)판들이 흩날리더니, 이윽고 머릿속에서 사라져 버렸다.

그리고…….

"뭐, 뭐야……."

일체의 소리도 없이, 코트 위로 굵은 선들이 수놓아지기 시작했다.

'느낌'의 영역임이 분명하게 인지됐지만, 눈앞에 자리한 그 선들은 마치 실존하는 것 같았다. 그것은 영석의 발밑과 페더러의 발밑에서 뻗어나가기 시작했다.

휙— 휙—

그러곤 네트를 사이로 이쪽저쪽으로 몇 번이고 왕복하기 시작했다.

어지럽게 얽히고 또 얽히어서, 코트 안의 라인들이 전혀 보이지 않았다. 땅 위로 보이는 것이라고는, 영석과 페더러, 그리고 네트뿐이었다.

'……'

펑!!

그리고 선들의 향연은 페더러가 공을 친 그 순간에도 계속되고 있었다.

'공이……'

신기하게도 공은 그 선을 쭉 따라서 영석에게 도달하고 있었다. 마치 예상이라도 했듯 말이다.

'침착하자.'

영석은 그 순간에도 침착함을 잃지 않기 위한 혼신의 노력을 다하고 있었다.

타다다닷!

공을 향해 뛰고, 공을 치기 위한 사정거리로 진입했을 때, 영석은 자신의 타점이 될 지점에서 쭉 뻗어나가 있는 선을 보았다.

'예상… 되어 있던 건가, 내가 예상하고 있던 건가?'

꿀꺽—

펑!!

복잡한 선의 무더기 앞에서 영석은 침을 삼키고는 강렬하게 팔을 휘둘렀다.

선의 궤적 위로 공이 치열하게 공기를 헤치며 던져진다.

선은 변함이 없었다.

힐끗.

영석은 자신의 왼편을 훔쳐봤다.

선의 종착지로 '지정되어' 있는 곳이다.

페더러가 인사이드—아웃으로 때리면 꽂히기 적당한 곳이다.

'내가 예상했던 전개와 똑 닮았군.'

펑!!

페더러의 강렬한 샷이 터진다.

치열하고 집중력이 한껏 올라 있는 표정이었지만, 황망한 상태에 놓여 있는 영석에게는 연극배우의 표정처럼 느껴졌다.

타다닷!!

그럼에도 몸은 훈련받은 대로, 살아왔던 대로 공을 향해 **빠른** 속도로 짓쳐 들고 있었다.

*   *   *

펑!!

"컴온!"

그림 같은 결정구를 날린 페더러가 이번 경기 처음으로 포효를 지른다.

영석이 '힐끗' 봤던 왼쪽.

그곳에 선명하게 찍힌 공 자국이 영석의 눈을 시리게 파고든다.

"후우……."

선은 말끔하게 사라져 있는 상태.

마치 제 역할을 다하고 떠나간 듯한 모습이었다.

한차례 폭풍이 몰아친 것처럼 정신이 하얗게 물든 영석이 생각을 정리하기 시작했다.

'이 선은……'

마치 절대적인 예감과도 같은 그 궤적은 사실, 영석의 평소 상태일 뿐이었다.

아니, 오히려 눈에 거슬리기까지 하니 있으면 손해인… 그런 거추장스러운 기현상일 뿐이다.

'필요 없어.'

영석은 가볍게 단언하고는 리턴을 하기 위해 애드 코트로 향했다.

쉬이익—

머릿속에서 하나의 덩어리가 빠져나가는 느낌이 들었다.

필요성을 느꼈던 '슬로모션' 때와는 달랐다.

다시는 겪지 못하게 될 거란 예감이 들었다.

"……"

풀려서 거대해진 영석의 동공이 빠르게 수축되며 제자리를 찾고 있었다.

타버릴 것 같던 머릿속이 정돈이 되기 시작했다.

퉁퉁!

퉁…….

두 번 빠르게 바닥에 공을 튕긴 페더러가 뒷발을 길게 뒤로 빼고는 고개를 살짝 들어 영석을 찌릿— 바라본다.

"훗……."

그 모습이 너무나 낯익어서, 영석은 살짝 웃음을 터뜨렸다.

그리고 어째서 아까 그 선이 나타났는지, 단박에 이해할 수 있었던 근거를 떠올렸다.

약 40년.

라켓을 잡은 햇수다.

휠체어를 탈 때는 차치하더라도, 8살 때부터 라켓을 잡은 이번 생에서 영석은 유독 패배를 자주 겪지 않았다. 스스로 신기할 정도로 말이다.

ㅡ프로 전향 후 무패.

2001년에 데뷔를 했으니, 기권 한 번을 제외하면 벌써 3년째 패배를 모르고 살아온 셈이다.

이게 정말 가능한 일일까?

그 어떤 위대한 선수도 영석과도 같은 행보를 보일 수는 없다.

압도적인 서브를 차치하더라도, 영석은 지금까지 그라운드 스트로크, 발리, 스텝… 이 모든 것들을 잘 활용하여 승리를 거머쥐었다. 늘 상대보다 우위에 선 것이다.

어떻게 이런 압도적인 모습을 보일 수 있던 것일까.

물론, 부단한 노력과 천부적인 신체 능력을 예로 들 수도 있을 것이다.

하지만, 이런 것들로 테니스에서 승리를 담보할 수는 없다.

답은 간단하다.

영석은 '다양한 정답'을 알고 있던 것이다.

본인은 설계한다고 생각하는 그것들, 바로 그것들이 정답지였던 것이다.

—다양한 톱 플레이어들의 영상과 자료.

무려 2016년에서 살다 온 영석은 보다 발전된 것들의 홍수 속에서 살아왔다.

그리고 무의식적으로 그 정보들을 자신의 몸으로 구현했던 것이다.

—키가 작고, 서브에서 밀릴 때.

—백핸드가 장기인 선수와 시합을 할 때.

—포핸드가 장기인 선수와 시합을 할 때.

—서브가 장기인 선수와 시합을 할 때.

—다른 건 다 제쳐놓고, 발이 빠른 선수와 시합을 할 때.

이 모든 경우에 대해 남들의 수 배에 달하는 정보를 갖고 있으니, 대처하는 것에 망설임이 없고, 자신감 있게 설계를 한다. 그리고 그것을 충실하게 실현할 수 있는 탁월한 육체까지 있다.

광속(光速)이라 불리는 서브까지 어깨에 장착되어 있으니, 패배할 여지가 없는 것이다.

그리고…….

일생의 목표 중 하나였던 페더러를 만나 그가 구사하는 테니스를 보자, 영석의 뇌리에 정리되지 않고 쌓여 있던 모든 정보와 기록들이 집약이 되어 기이한 형태로 영석의 앞에 나타난 것이다.

—예측의 정화(精華).

동시에, 이 선은 다른 한 가지 사실을 영석에게 알렸다.

—능동에서 수동으로의 변화.

복잡하게 머리를 쓰지 않아도, 치열하게 고민하지 않아도 된다는 안일한 사고방식을 낳는, 달콤한 능력이었다.

그리고 영석은 그것을 버렸다.

아주 단호하게.

＊　　　　＊　　　　＊

펑!!

생각을 정리하자, 타이밍 좋게 페더러의 서브가 짓쳐들어온다.

이 탁월한 선수는, 자신의 성장을 온전히 몸에 품으려는 듯, 실로 억척스럽게 '향상된' 서브를 꾸준히 넣고 있는 중이었다.

이번에도 다름이 없었다.

쉬익—

스핀이 거의 들어 있지 않은, 오로지 '속도'에 치우친 서브가 영석의 눈을 어지럽히려 한다.

하지만 다름이 없는 건, 영석의 대응도 마찬가지.

끼, 끽!

펑!!!

탓!!!

빠르게 사이드 스텝을 한차례 밟은 영석이 공을 치고는 네트로 쇄도해 들어갔다.

—몸은 급박하게, 정신은 차분하게.

공을 마중 나가는 페더러와 네트로 다가온 영석의 눈빛이 냉정하다.

찌릿—

영석은 순간적으로 뇌를 떨어 울리는 느낌을 받았고,

펑!!

페더러는 다시 한 번 과감하게 러닝 포핸드를 통해 공을 크로스로 보내는 걸 선택했다.

퉁—

이번에는 당황함 없이, 몸을 날린 영석이 손쉽게 발리로 그 공을 끊어먹었다.

"듀스!"

시합은, '정상적'으로 진행되고 있었다.

*　　　　　*　　　　　*

'너무 긴장한 거 아냐? 그래도… 이 순간에도 긴장을 할 수 있다는 건, 역전을 생각하고 있다는 거겠지?'

페더러의 관자놀이에 불쑥 솟은 태양혈(太陽穴)까지 영석의 눈에 보인다.

그 모습에서 불현듯 일말의 동정심(同情心)이 피어올랐다. 그리고 그 동정심을 잘라내야 한다는 마음까지 뒤이었다.

'……'

자주 겪는 일이었다.

매 시합 승패를 결정짓는 삶에 익숙해진 프로라면 말이다. 그것도 '승자'의 입장에서.

'이런 날이 오는구나.'

퉁, 퉁, 퉁, 퉁, 퉁…….

너무나 많은 것들이 이번 시합에서 시작되고, 변화하고, 사라져 갔다.

아직 시합은 안 끝났지만, 소회(所懷)가 자연스럽게 풀려나려하고 있었다.

휘익―

그러나 머리와는 달리, 몸은 착실하게 최고의 서브를 준비하는 동작에 들어갔다.

발등, 종아리를 타고 올라와 무릎, 허벅지의 근육들이 전기 자극을 받듯 움찔거린다.

'이럴 때면… 나도 내가 신기하단 말이지…….'

사람이 기계처럼 하나의 동작을 정확하게 펼칠 수 있는 것, 때로는 기계보다 더욱 완벽한 일관성(一貫性)을 유지할 수 있다는 것은 분명 놀랄 만한 일이었다. 그것이 자신의 몸이라면 말이다.

휘릭―

콰앙!!!

서브가 터졌고, 영석은 작게 확신했다.

'평소랑 같아.'

정확하게 꽂힐 것을 깨달은 영석이, 비호처럼 빠르게 네트를향해 돌진했다.

그리고…….

터벅, 터벅…….

서비스라인 근처에서, 영석은 몸을 멈췄다.

페더러가 고소(苦笑)를 짓고 있었고, 공은 맥없이 바닥을 뒹굴고 있었다.

"……."

승리.

별처럼 빛나는 단어이지만, 너무나 많아 밤하늘처럼 아득한 느낌이 들었던, 그래서 별 대수롭지 않게 느껴지기만 했던 단어가 영석의 심장에 파고든다.

영석은 두 팔을 힘껏 들어 소리 없는 함성을 질렀다.

"……!!!"

과거의 자신에게 우렁찬 함성을 보낸 것일까.

영석의 마음속에 머물고 있던 울혈(鬱血)이 부드럽게 풀려나갔다.

Chapter 57
또다시 미국으로

박정훈은 어김없이 능숙하게 인터뷰를 진행했고, 영석과 진희는 익숙한 질문들에 익숙한 답변을 했다.

　어릴 때는 낯설었던 카메라도 이제 의식되지 않았다. 이들 셋, 아니, 김서영까지 넷의 인터뷰는 한적하게 티타임을 갖는 것과 다름없었다.

　"갈수록 입담이 세련되어지는 것 같아."

　박정훈이 가볍게 웃으며 영석과 진희를 칭찬했다.

　영석과 진희는 머리를 긁적이며 웃을 뿐이었다.

　"이걸로 벌써 몇 번째 우승인지……."

　박정훈이 손가락으로 세어보며 계산을 시작했다.

　자신이 우승한 것도 아닌데, 손가락을 하나씩 접을 때마다 환희가 차오르는 것이 선연하게 보일 정도였다.

'그렇게 기분이 좋을까.'

영석이 애틋한 눈으로 희희낙락하고 있는 박정훈을 바라봤다.

"주니어 타이틀과 아시안게임을 제외하면 두 분 다 11개입니다."

뒤에 서 있던 강춘수가 단숨에 정리를 해주며 박정훈에게 말했다.

"아, 그럼 춘수 씨가 참가한 대회들 좀 다 읊어줘요. 나중에 12월호에 두 선수 기록 좀 넣게요. 한 달의 절반이 두 선수의 특집 기사여도 좋습니다. 사진도 많죠? 다 보여줘요."

박정훈의 능글맞은 멘트와 함께, 두 남자는 도란도란 대화를 시작했다.

"헤, 11개로 똑같았구나."

진희가 눈을 반짝이며 영석을 바라봤다.

"그러네."

영석은 짧게 답하며 진희의 눈을 마주했다.

그 눈에서 묘한 것을 느꼈을까. 진희가 영석의 손을 덥석 잡았다.

"계속 같이 다닐 거지?"

"당연한 걸 왜 물어."

빙긋 웃은 영석이 진희의 손등을 쓰다듬었다.

*　　　　*　　　　*

"너는 늘 한국에서의 반응을 궁금해하지 않는구나."

최영태가 새삼 영석을 신기하다는 듯이 바라보며 말을 걸었다.

실제로 한국에서는 둘의 업적을 벌써부터 떠받들고 있었다.

식사 시간이었지만, 그 질문은 썩 날카로워서 단숨에 주목을 이끌었다.

영석은 입에 머물고 있는 음식을 천천히 씹어 삼킨 후 느긋하게 대답했다.

"운동선수는 운동을 하면 그만입니다."

영석의 말에 최영태는 고개를 끄덕였고, 진희 또한 동조했다.

"설령 패배하더라도, 테니스 치는 것보다 재밌는 게 아직은 없어요. 궁금하지도 않고, 영석이도 신경 안 쓰고 있고."

진희는 선수로서 금욕적인 모습을 보이는 영석을 존중하고, 자신도 그렇게 행동하는 것에 굉장히 만족해하고 있었다.

"돈은 어떠냐?"

최영태가 다시금 물었다.

갓 성인이 된 10대 소년 소녀들.

누군가는 평생을 거쳐 벌어야 할 돈을 몇 달 만에 벌고 있었다.

앞으로는 상상도 못 할 돈을 더 벌 수 있고 말이다.

성공, 부, 명성, 미래……

사람이 좇는 대부분의 것들 중 상당수를 이미 얻은 것이다.

최영태는 지금, 관념적인 것이 아닌, 실제적인 목표를 묻고 있는 것이다.

"돈이야……."

영석이 말끝을 흐리더니 조용히 포크를 놀리고 있는 강춘수를 힐끗 봤다.

"춘수 씨가 잘 관리해 주시겠죠."

최영태는 기꺼운 표정으로 웃음 짓고는 스케줄을 말해줬다.

"밥 먹고 적당히 몸을 푼 다음에, 미국으로 가자."

*　　　　*　　　　*

"샘!!"

진희가 반가운 표정을 짓고 마중 나와 있는 샘에게 달려가 손을 잡고 크게 위아래로 흔들었다.

"세상에. 또 우승했다며? 너흰 정말……. 아무튼, 다시 플로리다에 온 걸 환영해! 귀빈이야, 귀빈!"

샘은 뒤이어 영석과 포옹을 하고 일행들과도 인사를 나눴다.

"2주 만에 와서 다시 폐를 끼치게 됐네."

"폐는 무슨!!"

영석이 미안하다는 표정으로 샘에게 말을 건네자, 샘이 정색을 하고 답했다.

"졸업생이 모교를 찾는 것에 인색하면 안 되지."

희한한 논리.

자본과 성적으로 귀결되는 프로의 세계에서 샘의 가치관은 참으로 신기하게 느껴졌다.

지금이야 영석과 진희가 대단하다지만, 그렇지 않을 때도… 심지어 사편과 연습 시합을 하는 것에도 대단한 지원을 하지 않았던가.

'일관성을 항상 유지하는 것은, 이처럼 감동을 주는구나.'

예전과 똑같은 것.

영석의 마음속에 이미 플로리다는 제2의 고향이었다.

*　　　　*　　　　*

"여기로 왔다는 건… 인디언웰스가 아닌 마이애미를 택했다는
거겠지?"

"응. 아무래도 둘 중 하나만 참가할 수 있다면, 플로리다를 택
하는 게 낫지. 기간도 여유가 있고."

3월 4일에 결승전이 진행된 두바이 오픈.

그 후, 남은 3월에 치러지는 대회는 총 네 개다. 그중 두 개는
두바이 오픈과 일정이 일부 겹쳐서 참가할 수 없고, 남은 두 대
회가 '마스터스 시리즈'다.

─ATP로는 1000의 규모.

─WTA로는 티어 Ⅰ의 규모.

수치로 따지자면, 메이저 대회의 딱 절반에 해당하는, 거대한
대회인 것이다.

테니스에 조금이라도 관심이 있는 사람이라면, 마스터스 시리
즈의 위용을 충분히 인지하고 있다.

인디언웰스, 마이애미.

똑같은 미국 땅에서 열리는 대회.

─인디언웰스는 3월 10일.

─마이애미는 3월 17일.

두 대회는 일주일의 간격을 두고 열린다.

"둘 다 참여할 수 있는 거 아냐?"

샘의 말이 정곡을 찌른다.

참여하려면, 참여할 수 있다.

우승에 대한 확신이 없다면, 조금이라도 많은 대회에 참가하는 게 이득이다.

부족한 시간은, 쉴 틈 없이 움직이면 그만.

실제로 많은 선수들이 이와 같은 강행군을 펼치고 있었다.

의무는 아니었지만, 합리적이기 때문이다.

하지만 영석은 고개를 저으며 단호하게 답했다.

"난 우승을 할 거야. 인디언웰스에서 결승전까지 치르고 마이애미에 바로 참가하기엔 좀 힘들지. 그리고… 플로리다에서 대회를 준비하는 것만큼 완벽한 일정도 없고."

끝에 가서 씨익 미소 지으며 아카데미에 대한 애정을 드러내서일까.

샘은 마찬가지로 씩 웃으며 고개를 끄덕였다.

"그래. 내가 왈가왈부할 일은 아니지. 영석은 이런 일에 항상 완벽했고 말이야. 이번에도 잘 쉬길 바라. 아 참, 무슨 일 있으면 일단 먼저 미스터 강에게 연락할게."

"응. 그렇게 처리해 줘."

*   *   *

"하압!!"

펑!!

상큼한 기합이 코트를 쩌렁쩌렁 울린다.

"……."

펑!!

그 기합이 퍽 듣기 좋은 것인지, 한 명은 소리를 내지 않고 그
저 공을 쳤다.

"저, 저기……."

멍하니 두 선수를 지켜보고 있는 최영태에게 샘이 말을 걸었다.

"아, 무슨 일이세요? 이거 어쩌나. 난 영어가 약한데……."

최영태가 반갑게 샘을 맞이하면서 두리번거리며 강춘수를 찾
기 시작했다.

그런 최영태의 다급함을 무시하고, 샘은 궁금증을 풀기 위해
질문을 퍼붓기 시작했다.

"도대체 왜 이런 시합을 하는 거죠? 이건 진희한테 안 좋은 영
향을 줄 수 있어요."

"……."

Why, 진희, Game, This…….

몇 가지 단어로 질문을 대략적으로 유추한 최영태가 떠듬떠
듬 입을 열기 시작했다.

영어에 약한 자신을 저주(?)하며.

"왜냐하면, 이것은, 도움이 되기 때문입니다, 진희에게."

단어 하나하나를 끊어서 간신히 의사를 표시한 최영태는 시
합을 촬영하고 있는 강춘수를 발견하고 소리쳤다.

"춘수 씨! 잠깐 여기 좀 와줘요!!"

강춘수는 고개를 끄덕이더니 빠르게 걸어왔다.

다행히 샘은 강춘수가 올 때까지 질문을 참고 있었다.

"무슨 일입니까."

강춘수가 샘에게 가볍게 인사를 하고 최영태를 향해 물었다.

"통역 좀 해줘요."

샘은 목마른 상태에서 오아시스를 만난 듯, 2차 소나기를 퍼부었다.

"몇 번이나 저렇게 둘이 시합한 겁니까?"

"다섯 번······. 정도이려나? 아주 예전까지 포함하면 대략 여덟 번 정도 됩니다."

강춘수는 머리를 한차례 갸웃하며 대답했다.

"지금까지 진희 선수가··· 이긴 적이 있나요?"

"···설마요."

샘은 대화가 이어질수록 화가 치밀어 오르는 걸 느꼈다.

자신이 개입할 필요가 없는 문제임을 알지만 말이다.

"세계 톱에 가장 가까운 사람 중 한 명인 영석과 시합이라니! 그라프와 셀레스, 힝기스, 세레나의 장점을 모두 합쳐도 그게 가당키나 합니까? 선수에게 지는 기억을 자꾸 심어주면 어떡합니까!"

"······."

샘은 한차례 열변을 쏟아낸 뒤, 코트를 바라봤다.

영석은 무심하게 팔을 휘두를 뿐이었고, 진희는 온갖 발악을 하며 공을 쫓아다니고 있었다.

땀 한 방울 흘리지 않는 영석과, 입고 있는 티셔츠가 몸에 쫙 달라붙어 있을 정도로 땀에 전 진희의 모습이 극명하게 대비된다. 울컥— 목에 핏대가 차오른다.

"물론, 일개 사무직원인 제가 여러분의 교육 방침에 참견하는 것은 굉장한 실례일 수 있습니다! 하지만… 진희에게도, 영석에게도 이 시합은 좋아 보이지 않습니다. 이기고 지는 것이 정해져 있는데……!"

"괜찮습니다."

강춘수에게 실시간으로 통역을 들은 최영태가 단호하게 답했다.

"저 아이들에겐 저게 당연한 겁니다. 성별이 다르면 어떻습니까? 이기고 지는 것은 두 아이 각자의 마음에 달린 것입니다. 한계를 깨는 것도 마음에 달린 것이고요."

"…미스터 최는 그새 철학자가 되었군요. 이데아입니까? 플라톤? 아, 그러고 보니 여긴 '아카데미'였군요!"

플라톤을 운운하며 아카데미의 기원까지 언급한 샘이 허탈하게 웃으며 마음을 차분하게 가라앉히려 노력했다.

그리고 영석과 진희의 시합을 바라보았다.

'어릴 때의 모습이 떠오르는구나.'

지금도 어리지만, 더 어릴 때의 모습이 떠올랐다.

너무나 예쁘고 귀여웠던, 자그마한 소년 소녀들의 모습 말이다.

머릿속에 차올랐던 핏기가 싸하게 식는다.

"죄송합니다. 제가 말할 주제도 아닌데……."

샘의 사과에 최영태가 머리를 긁적이며 답했다.

"두 선수에 대한 샘의 애정은 잘 알고 있습니다. 뭐, 그럴 수도 있죠. 그래도, 저 녀석들이 원해서 저러는 것이라는 것 하나는 알아주셨으면 좋겠습니다."

잠시 어색한 기운이 맴돈다.

샘은 눈도 깜빡이지 않고 진희의 움직임을 확실하게 좇았다.

그리고…….

'어… 어?!'

고개를 퍼뜩 든 샘이 떨리는 목소리로 물었다.

손가락으로는 진희를 가리키고 있었는데, 진희는 한 포인트를 두고 영석과 무려 여섯 번째 랠리에 돌입하고 있었다.

"지, 지금 몇 대 몇이죠?"

"1세트, 4 : 2입니다."

"……."

샘은 불과 한 달 전의 진희와 지금의 진희 사이에 어마어마한 간극이 생겼음을 인지하고 있었다. 불합리할 정도로 보이는 지금 경기에서 말이다.

*　　　　*　　　　*

"으아! 또 졌어!"

샘이 분노를 표했다는 것을 알 리 없는 진희는, 벤치에 철푸덕 앉아 음료를 마셔댔다.

대수롭지 않아 보이는 그 모습에서 패배의 분노 같은 것은 쉬이 찾아볼 수가 없었다.

'그럴 리가 없지.'

하지만, 영석은 진희를 누구보다 잘 알았다.

이 여자는, 이 선수는… 똑같은 패배가 이어진다고 할지라도, 패배감을 희석시키지 않을 수 있는 사람이다.

"아직도 뚫을 방법이 안 떠올라! 대응할 방법도 없고! 아아아 아아!!!"

몸을 배배 꼬며 괴로워하는 진희에게 다가간 강혜수가 수건 을 진희의 머리 위에 놓고 땀을 닦아주기 시작했다.

"괜찮아요. 분명히 나아지고 있으니까."

"그래요? 영석아! 네가 봐도 그래?"

진희는 그새 경망스럽게 태도를 바꾸더니, 영석에게 물어왔다.

누가 봐도 과도할 정도의 경망(輕妄).

'눈도 안 마주치고……'

입에선 끊임없이 재잘재잘거리며 가벼운 말을 내뱉지만, 결코 영석과 눈을 마주치지 않는다.

영석은 이 문제를 언급한 적이 있다. 그리고 이런 대답을 들 었다.

"네 눈을 보면 화가 풀리잖아. 좋아하니까, 사랑하니까. 근데 그 건 여자 김진희지, 선수 김진희가 아냐."

영석은 그래서 시합을 할 때면 더더욱 진희를 진지하게 상대 해 준다.

그것이 예의라고 생각했으니 말이다.

"영석 선수!!"

마침 통역 임무(?)를 끝마친 강춘수가 영석에게 다가왔다.

"네."

"이재림 선수에게 연락이 왔는데… 통화 괜찮으실까요?"

"이재림?"

영석의 안색에 반가움이 깃들기 시작했다.

*　　　　　*　　　　　*

—나 왔다.

"어디에."

—거기에.

"뭔 소리야."

수화기를 잡은 채 영석은 킬킬거리며 웃기 시작했다.

호주 오픈이 끝나고 이제 한 달 조금 넘은 상태.

겨우 이 정도 떨어져 있었는데도, 이유 모를 유쾌한 반가움이 절로 일었다.

"그래서. 어디라는 건데?"

영석은 담담하게 물었다.

—잘나가고 계시는 이영석 선생님과 붙어보려고 마이애미에 갑니다.

이재림이 사뭇 도발적으로 비아냥댔다.

귀여운 투정이었다.

"그래. 예선도 껴 있을 테니 그게 낫지. 얼른 와."

—거기에 있어.

"아까부터 무슨 헛소리야?"

영석이 가볍게 타박을 하자 이재림이 항복을 받아낸 장수의 기세처럼 호탕하게 웃고는, 답해줬다.

―나도 플로리다야. 이형택 선배님이랑 같이. 곧 보자고.

뚝―

이재림은 제 할 말만 끝내고, 전화를 끊어버렸다.

영석은 썩 기대된다는 표정으로 중얼거렸다.

"선배님까지… 라. 재밌겠어."

＊   ＊   ＊

"오랜만이다."

"네, 선배님. 그간 건강하셨죠?"

영석이 만면에 미소를 띠며 자신에게 뻗어오는 손을 붙잡아 인사를 나누었다.

"으억!! 후광이!! 톱10의 후광이!! 우승자님을 바라보다가 눈이 멀겠어! 으아아아아아아!"

이재림이 비명을 지르며 눈을 가리고 뒷걸음질 쳤다.

누가 봐도 호들갑스러운 과장된 행동. 영석을 놀리기 위함이다.

"시끄러."

진희가 이재림의 등짝을 한차례 갈겨주고는 이형택과 인사를 나눴다.

"선배님!!"

"진희야, 잘하고 있던데? 늘 자랑스럽다, 너희가."

까맣게 탄 피부 속에서 선명하며 올곧은 눈빛이 영석과 진희의 눈을 찌른다.

본인은 해외에서 이렇다 할 뚜렷한 성과를 못 내고 있는 상황.

플로리다에 오기 전, 인디언웰스에서 본선 1라운트 탈락이라는, 쏩쏠한 결과까지 안았다.

그럼에도 한국인으로서는 보기 드문, 탁월한 성적을 내고 있는 것이지만, 영석과 진희는 태양이었다. 그것도 한국에 국한된 것이 아닌, 세계를 통틀어서 가장 밝은 태양에 속한다.

그 눈부신 빛에 질투를 느낄 법도 하지만, 이형택은 푸근하게 웃으며 선배 노릇을 톡톡히 했다.

'인사를 잘 받아준다는 것만이 아니야.'

영석은 예민하게 이형택의 행태를 분석하고 있었다.

분명 속내 어딘가에 깊숙하게 묻혀 있는 질투심과 열등감을 완벽히 숨길 수는 없었다.

슬금슬금 긴장감이 밑바닥에서 넘실대는 것만으로도 그의 심정 정도는 유추할 수 있다.

다만, 그 모든 것을 덮을 만한 기꺼움을, 영석과 진희에게 가감 없이 표현하고 있을 뿐이다.

'도량이 넓어.'

지금의 이형택은 분명, 영석이 휠체어를 타고 있을 때의 이형택과는 입장이 다르다.

그때는 '선구자'라는 금패가 그의 이름을 장식하고 있었지만, 지금은 아니었다. 모든 영광과 찬란한 빛은 오롯하게 영석의 것. 그리고 진희의 것이었다.

그야말로 이형택은 지금, '초라한' 상태임에 틀림없었다.

그럼에도 단순히 '선배'라는 것만으로 후배들의 활약을 반기고 있는 것이다.

"언니!!!"

진희는 이번엔 한 여자 선수의 품에 와락 안기며 반가움을 표현했다.

"다 커서 나보다도 훨씬 큰 지지배가… 나 허리 나가."

그렇게 장난스럽게 타박을 주는 선수는 조윤정이었다.

일전에 오클랜드 오픈에서 한국인끼리의 결승전을 치를 때, 진희의 상대였던 선수다.

무참한 패배였지만, 조윤정 역시 진희를 거리낌 없이 대했다.

같은 테두리 안에 있지만, 영석과 진희는 특별했다.

존재 자체에 감사를 드리는 관계자들만 한 트럭이니 말 다 한 것.

"오랜만에 봤으니, 시합 한판 뛸까?"

그런 여자 선수들을 두고 이재림이 도발적으로 영석에게 말을 건넨다.

"자신 있어?"

영석이 선뜻 그 도발에 응해준다.

이재림은 머리를 긁적이며 답했다.

"자신이 있든 없든, 할 때는 해야지. 그게 프로겠지? 내 목표는 너고."

영석의 눈에 이채가 깃든다.

이재림의 말에서 성장의 향기가 물씬 피어올랐기 때문이다.

"그래? 그럼 한번 해보자."

그렇게 두 청년이 의기투합해서 실력을 겨루려는 그때.

"진희야. 너도 한번 해봐."

어느새 다가온 최영태가 진희에게 시합할 것을 종용했다.

"아, 안녕하십니까."

이형택이 자리에서 빠르게 일어나 최영태에게 고개를 꾸벅 숙였다.

국가 대표까지 지낸 최영태를 모를 리가 없는 이형택이 인사를 건넨 것이다.

최영태는 같이 고개를 숙이며 인사를 나눴다.

"안녕하세요, 이형택 선수. 미흡한 제자들이지만, 한 수 지도 부탁드립니다. 아, 조윤정 선수도 잘 부탁드립니다."

이형택은 존댓말을 하는 최영태를 기이한 눈으로 쳐다봤다.

조윤정은 엉겁결에 이형택을 따라 인사를 하고는, 마찬가지로 생경한 사람을 보듯, 최영태를 바라봤다.

'철저한 아웃사이더라고 그러더니……'

당연하게 받아들여지는 운동계 특유의 선후배 질서를 무시하는 특이한 성격과 행보는 테니스 국가 대표 선수들 사이에서 유명한 편이었다.

"네."

이형택과 조윤정은 그런 최영태의 태도를 존중했다.

어쨌거나 저쨌거나, 그들은 최영태에게 왈가왈부할 수 없기 때문이다.

*　　　　　*　　　　　*

'제법이야. 플레이 스타일을 바꿨나?'

영석은 코트를 빠르게 누비며 이재림을 유심히 지켜봤다.

다다다다닷!!

짧은 다리를 빠르게 놀려 공에 근접한 이재림이 볼이 **빵빵해**질 만큼, 숨을 크게 들이마시고, 벼락같이 팔을 휘둘렀다.

쾅!!

실로 강건한 스윙.

쉬익—

공은 풀쩍 뛰어 네트 위로 크게 솟아올라 쭈욱 활공했다.

'톱스핀인가.'

영석의 구질을 파악하자마자, 공은 수직으로 떨어진다는 착각이 들 만큼 **빠르게** 떨어져 베이스라인 안쪽 30㎝ 부근에 떨어졌다.

쿵—

동시에 영석은 빠르게 백스텝을 두 번 펼쳐 거리를 벌리며 공이 뛰어 오른 높이를 가늠했다.

'1.5~1.6미터. 아니, 1.7미터 정도 되나? 상당한데?'

내심으로는 이 짧은 시간에 이처럼 큰 성장을 이룩한 이재림을 인정하는 영석이었지만, 기꺼운 마음과는 별개로 몸은 최적의 반응을 이끌어내고 있었다.

둥실—

195㎝의 거구가 뒤로 1m가량 물러났음에도, 여전히 이재림이 보낸 공은 높게만 보였다.

하지만 영석은 더 뒤로 물러나는 대신, 살짝 몸을 띄우는 것을 선택했고, 공중에서 대나무처럼 곧게 허리를 펴고 중심을 잡았다.

이윽고 몰아치는 건 벼락!

쾅!!!

몇 년 동안을 영석의 주특기로 자리한 잭나이프.

그 매서운 스윙에 강하게 짓눌린 공이 빠르게, 빠르게 쭉쭉 뻗어갔다.

쉬이이익——

큰 포물선을 그리는 것 같았던 이재림의 스트로크와 달리, 영석의 스트로크는 곧은 직선, 그 자체였다.

구질이 상이한 만큼, 이재림은 더더욱 영석의 공에 놀라고 있었다.

"크윽!!"

퉁!

이재림이 간신히 공을 쫓아가 아슬아슬하게 걷어내는 것에 성공했다.

하지만 기다리고 있는 건 영석의 발리.

어느새 나온 것인지 영석은 네트 앞의 거대한 장벽이 되어 있었다.

거대한 벽이 숨 한 번 들이쉴 시간 만에 숨 막히게 조여오는 것은, 차라리 공포에 가까웠다.

퉁!

이재림은 그렇게 다시 한 번 쓰디쓴 패배를 맛보게 되었다.

*   *   *

영석은 이재림을 물리치고, 곧바로 이형택과 3세트 경기를 치르고 있었다.

쾅!!

이형택은 무차별격으로 쏟아지는 영석의 서브에 정신을 못 차리고 있었다.

그렇게 몇 번을 당했을까.

간신히 타이밍을 잡은 것인지, 적당한 때에 라켓을 휘둘러도 봤지만, 성공적인 리턴은 몇 개 되지 않았다.

영석은 듀스 코트, 애드 코트 가리지 않고 기계처럼 일정한 구질의 공을 뿌리고 있었다.

하지만 그것은 일관성에 국한되는 것이고, 실제로 영석의 서브는 기계 특유의 느낌과는 달리, 공이 으르렁거리며 사람을 죽일 것 같은 기세로 쏘아졌다.

한편, 그 광경을 벤치에 앉아 씩씩거리면서 보고 있는 이재림에게 최영태가 다가가 말을 걸었다.

"이번 전략은 좋은 선택이야. 빠른 발. 강인한 손목. 끈기까지… 베이스라이너가 갖출 수 있는 요건은 모두 갖췄어."

"코치님……."

이재림이 아련한 눈빛으로 최영태를 바라본다.

그러고는 한숨을 푹 쉬며 주절주절 말을 이었다.

"예전에 US 오픈 주니어 결승전이 끝나고, 식사할 때… 저 녀석이 그러더라고요. '넌 발전할 수 있고, 뛰어난 선수야'라고. 그래서 제가 물었죠. '그럼 곧 너도 따라잡겠네?'라고요. 그랬더니 뭐라고 한 줄 아세요?"

"……."

최영태는 침묵으로 답을 했고, 이재림은 씁쓸한 어조로 말했다.

"'그때쯤이면 나도 더 발전해 있을걸?'이라고 했어요."

"…그랬군."

이재림이 손바닥으로 얼굴을 쓸어내리며 허탈하다는 듯이 말했다.

"내가 발전할 때, 저놈은 진화하고 있었네요. 그것도 매 순간마다. 괴물 놈."

최영태가 동감한다는 듯 고개를 끄덕였다.

"영석이가 대단하다는 거에는 나도 할 말이 없다. 언론에서 하도 시끄럽다 보니 '쟤가 진짜 내 제자인가' 싶기도 하더구나. 그래도 네 말은 틀렸다."

"……?"

이재림이 고개를 들어 최영태를 바라봤다.

"US 오픈 때는 6 : 0, 6 : 0이었지만, 그 이후로는 아니잖느냐. 실제로 이번에도 6 : 4, 6 : 3이었고 말이야. 넌 충분히 빠른 속도로 성장하고 있어."

"범인(凡人)의 길과 천재(天才)의 길은 다른 거라고밖에 안 들려요."

이재림이 제법 당돌하게 쏘아붙였다.

"저는, 반드시 따라잡을 겁니다. 가랑이가 찢어지면 물구나무를 서서라도 저놈의 옷자락을 이빨로 물 겁니다."

이재림에게서 뿜어져 나오는 열기가 최영태에게까지 올곧게 전달되었다.

'젊어서 그런가……'

거침이 없는 패기에 최영태가 쓰게 웃으며 고개를 한 번 젓더니 다시금 생각을 이었다.

'젊어? 아니야. 따라잡을 수 있는 놈은 나이가 몇 개여도 따라잡을 수 있는 것. 그게 그릇이야. 나이는 상관없지.'

최영태는 이재림을 멀뚱히 바라봤다.

그 자신을 보는 것 같은 느낌이 들었다.

턱—

슥, 슥.

무심결에 이재림의 머리에 손이 올라갔다.

그리고 쓰다듬어 주었다.

"장하다."

          *   *   *

한국인끼리의 대접전에서, 영석은 모든 선수에게 승리를 거뒀다.

이재림은 물론이고, 이형택도 더 이상 영석의 적수는 아니었다. 앞으로 어떻게 될지는 몰라도 말이다.

가장 흥미로운 시합은, 영석의 손을 떠나 있었다.

"하압!!"

펑!!!

날카로운 쐐기가 성문을 무참하게 두드리고 있는 형세의 시합.

진희와 이재림의 시합이 오늘의 백미(白眉)였다.

스코어는 6 : 3, 4 : 1로 절대적인 이재림의 우세였지만, 한 포인트 한 포인트를 들여다보면 결코 완전한 우세라고 단언하기 힘들었다.

"여자 선수랑 시합할 때는 확언하기 어려웠지만, 재림이랑 시합하니까 탁월하게 발전한 걸 여실히 알 수 있구나."

"…정말 그러네요."

영석은 진희가 시합하는 모습을 멍하니 바라보며 대답하고, 질문했다.

"제가 너무 몰아붙였을까요?"

"상성 문제라고 본다."

최영태가 단언했다.

영석의 경우에는 랠리 자체를 길게 가져가지 않으려 한다.

한 구 한 구 모두 찍어 누르듯이 치는 공은 빠르고, 직선적이고, 틈이 없다.

폭력적으로 느껴지는 공격성은 실로 압도적이기까지 하다.

즉, 구사하는 선수, 대응하는 선수 모두 급박하게 만드는 게 영석의 구질이다.

진희의 기량이 펼쳐질 기회 자체를, 냉엄하게 묵살하는 것이다.

반면, 이재림의 경우에는 느긋하다.

베이스라이너로서 자신의 자질을 자각했는지, 빠르게 베이스라인의 좌우를 뛰어다니며 공을 묵직하게 보낸다.

길고, 느리고, 톱스핀이 많이 걸린 공은 하나하나가 방어적이면서 공격적이다.

공방일체(攻防一體)를 추구하려는 것이 보였다.

하지만, 그런 공은 상대에게 시간을 많이 주게 된다.

남자 선수에 비하면 빠른 편이 아닌 진희가 어렵지 않게 받아
낼 수 있을 정도.

　"진희는 키도 커서 높은 공에 강하지. 재림이는… 조금 더 극
단적으로 스핀을 올려야 해. 할 수 있는 모든 노력을 해서."

　영석이 크게 동감하는 듯, 고개를 주억이고는 말을 받았다.

　"스윙, 라켓, 공, 타점… 다 손봐야죠. 그리고… 결정구도 있어
야 해요. 발리나, 종류가 다른 그라운드 스트로크 같은."

　"주구장창 바운드 높은 공만 던져줘서는 위기에 몰리게 마련
이지."

　퉁!!

　진희가 자신의 특기인 드롭샷을 화려하게 선보였고, 이재림은
그 공에 따라붙지 못했다.

　"으랏차!"

　호적수(?)를 만나 기쁘다는 듯, 진희가 크게 기합을 질렀다.

　　　　　*　　　　　*　　　　　*

　펑!!!

　며칠 사이의 단련에 단련을 거듭한 이재림의 공이 한층 더 묵
직하게 쏘아져 나간다.

　쉬이이이익—

　얼마나 많은 양의 톱스핀이 걸려 있는지, 상대 선수는 베이스
라인에서 한참이나 뒤편에 물러나 있었다.

　쿵!! 쉭!

바닥에 찍힌 공이 엄청난 높이로 바운드되자, 상대는 하는 수 없이 백핸드 슬라이스로 이 위기를 타개하려 했다.

스펑!

공기의 저항을 한껏 받으며 날아간 공이 낮게 깔려 바닥에 도달하는 그 순간,

펑!!!

빠르게 다가온 이재림이 손목을 이용해 공을 낚아챘다.

그러고는 맹렬한 대시!

발리를 노리려는 심산이다.

하지만,

펑!!

상대 선수는 이게 웬 떡이냐 싶은 표정으로 날카로운 패싱을 시도했다.

쉬익—

쭉쭉 뻗어나가는 스트레이트에 이재림은 팔을 쭉 뻗어 대항했지만, 애석하게도 짧은 팔로는 역부족이었다.

"컴온!"

상대 선수가 포효하며 이재림에게 시위를 했다.

"어프로치를 하려면 적어도 세 구 뒤까지는 읽어야지."

영석이 나지막하게 혀를 차자, 가만히 듣고 있던 진희도 첨언했다.

"패싱을 시도할 수 없는 공을 보냈어야 해."

그게 얼마나 어려운 일인지 스스로도 잘 알면서, 둘은 이재림에게 무자비한 혹평을 쏟아냈다.

마치 동호인에게 훈수 두듯 말이다.

"그래도 이기고 있으니 응원해 주자."

최영태가 타이르는 어조로 둘을 말렸다.

'좋은 지도자가 되긴 글렀구나.'

라는 때 이른 평가와 함께 말이다.

영석의 눈은 계속해서 냉철했다.

'빨리, 더욱 빨리 성장해서 내 호적수가 되어다오.'

흥미.

영석은 자신을 끓어오르게 할 수 있는 흥밋거리를 찾고 있는 것이다.

그것이 지금 현격한 차이를 보이고 있는 이재림이라 할지라도.

Chapter 58

Masters Series Miami

결과적으로, 이재림은 간신히 예선을 통과하는 것에 성공했다.

　플로리다에 와서 영석과 처음 경기를 치를 때와 예선전 마지막 시합에서 보인 기량을 비교하자면, 놀랍도록 발전해 있었다는 표현밖에는 할 수 없을 정도.

　아무런 거리낌 없이 자신이 코치인 것처럼 무자비하게 가르침을 쑤셔 넣은 영석의 의지 때문이기도 했지만, 그 가르침을 거리낌 없이 순수하게 받아들일 수 있는 이재림의 아량이 있었기에 가능한 일이다.

　"이번 대회엔 참으로 반가운 이름이 많아서 놀랐습니다. 무려 한국인이 다섯이나 됩니다!"

　박정훈은 다섯 선수를 모아서 독점 인터뷰를 하고 있었다.

　그야말로 인맥(?)의 유용한 활용이 아닐 수 없었다.

물론, 각 선수의 에이전트에게 허락을 받아내는 공식적인 절차는 거쳤다.

"저도 기대가 됩니다."

이형택이 가장 먼저 입을 뗐다.

박정훈은 물론이고, 영석과 이재림까지 빤히 자신을 바라봤기 때문이다.

"이제 곧 대회 시작이니 긴 인터뷰는 지양하겠습니다. 모두 컨디션은 어떻습니까?"

"좋습니다."

영석과 이재림은 고개를 끄덕이는 걸로 이형택의 대답을 이었다.

박정훈은 이 재미없는 사내들이 익숙한지, 일말의 아쉬움도 없이 곧바로 마지막 질문을 던졌다.

"그럼 각자 이번 대회의 목표를 말씀해 주세요."

형식적이며 전형적인 질문이었지만, 이형택은 진지한 표정으로 답했다.

"참가한 이상, 우승하고 싶습니다. 1000시리즈는 아직 한 번도 우승해 보지 못했거든요."

그 대답을 들은 영석이 이재림을 바라봤다.

먼저 하라는 신호다.

"……."

하지만 이재림은 눈길을 피하는 것으로 영석에게 바통을 넘겼다.

"…저도 1000시리즈는 한 번도 우승해 보지 못했습니다. 선배님의 말씀을 들으니까 저도 꼭 우승하고 싶어집니다. 무엇보다, 훌륭한 선수들을 많이 만나고 싶습니다. 선배님을 비롯해서요."

그 말이 끝나자 공기가 팽팽하게 당겨졌다.

방금 전까지 이어졌던 훈훈한 분위기가 단칼에 베어진 것이다.

"저는……."

이재림은 아는지 모르는지, 천연덕스럽게 인터뷰를 마무리했다.

"이번 대회를 기회로 도약하고 싶습니다. 유망주를 넘어서 세계에 제 이름을 알리고 싶습니다!"

그 꾸밈없는 패기와 열정에 공기는 다시 헐거워졌다.

그리고 느슨하지만 뜨겁게 달아오르기 시작했다.

'이거야. 프로만이 자아낼 수 있는 이 분위기!'

몇 번을 들어도 선수들의 말은 박정훈을 끓어오르게 만들었다.

그게 전형적이고, 들으나 마나 뻔한 얘기여도 말이다.

"조윤정 선수도 그렇고, 진희 선수도 아까 '무조건 우승!'이라는 말을 했는데… 참으로 기대가 됩니다. 그럼 여러분 모두 건승하시길 바랍니다."

짤막한 인터뷰는 그렇게 끝을 맺었다.

물론, 한차례의 포토 타임(?)은 빠짐없이 이어졌다.

*　　　　*　　　　*

2003 NASDAQ—100 Open.

영석이 기억하는 대회의 명칭은 그냥 '마이애미 오픈'이었지만, 2003년인 지금은 위와 같았다.

"휴이트, 애거시, 페더러, 사핀, 로딕, 페레로, 지리 노박, 날반디안, 쿠에르텡, 곤잘레스, 블레이크, 유즈니⋯⋯."

자신이 포함된 도합 서른두 명의 '시드를 받은 선수 리스트'를 가볍게 훑어 내린 영석의 기색은 지금까지와 달랐다.

하나의 금성이 동공에 박혀 있었던 것 같았던 예전과는 달리, 지금은 먹먹하고 아득한 느낌을 주었다.

어두운 장막에 박혀 있는 수많은 별들⋯⋯.

너무나 많아서 하나하나의 빛은 미미해 보였지만, 영원하고 무한할 것 같은 인상이다.

"휴이트나 페레로를 제외하면⋯ 이제 붙어볼 만한 선수는 당분간 없겠구나."

'붙어보고 싶은'이 아니라, '붙을 만한'이다.

영석은 잠시 잊고 지냈던 권좌의 느낌을 조금씩 되찾고 있었다.

"⋯⋯."

여전히 가슴속에서는 최고를 향한 의지가 부글부글 끓고 있었다.

하지만 그것과는 별개로, 조금은 익숙해진 명단이 답답한 느낌을 주기도 한다.

"안 져."

무엇보다 큰 문제는, 질 것 같다는 생각이 전혀 들지 않는다는 점, 그리고 이것이 자신감의 영역이 아닌, 확신의 영역이라는 것에 있다.

그리고 남들보다 많은 정보로 인하여, 금세 이 명단이 질려 버린 탓도 있다.

호주 오픈과 판박이 아닌가.

그때는 선수 하나하나에 불꽃같은 흥미를 느꼈지만, 지금은 아니다. 철자 하나하나가 탄식을 부른다.

빨리 물갈이가 됐으면 좋겠다는 느낌을 받았다.

익숙한 명단으로 말이다.

'아무리 잘하는 선수는 정해져 있다지만……'

페더러는 아직 개화(開花)하지 않았다.

얼마 전처럼 영석 자신이 기폭제가 되어주는 것도 흥미로운 일이지만, 영석은 가급적이면 절정의 페더러를 꺾고 싶었다.

'지금은 명백히 아니지.'

그렇다고 노장에 해당하는 애거시에게서 호주 오픈 결승전 때 이상의 무언가를 기대하기도 힘들었다.

사각, 슥!

이름 하나하나를 체크하는 영석의 표정이 신중하다.

'이제부터의 나는… 조금 다른 영역의 생각에 접어든 것일 수 있어……'

테니스에 대한 원초적인 흥미.

그 기원을 찾아야 한다.

그것이 내면의 바닥을 마주하는 아찔한 경험이 되더라도 말이다.

*   *   *

이번 대회는 1라운드가 무려 128명의 선수들로 이루어져 있다.

3번 시드를 받은 영석은, 아쉽게도(?) 1라운드는 패스였다.

시드를 받은 선수는 2라운드인 64강부터 시합을 한다. 사정은 마찬가지로 3번 시드를 받은 진희 또한 같았다.

3월 17일, 대회 개최 날은 이형택과 이재림, 두 선수만 출전하게 됐다.

"잘해라."

영석은 가볍게 이재림을 격려했다.

이재림이 결연한 표정으로 고개를 끄덕인다.

"이번엔 울지 마."

진희가 짓궂은 말로 격려를 했다.

이재림도 진희의 놀림 같은 격려에 어떤 마음이 실려 있는지 알고 있어서 빙긋 웃어주는 대범한 반응을 보였다.

그리고 한마디 사족을 붙였다.

"그런데 너희… 이렇게 유명하고 둘 다 반반한데, 누가 수작 안 걸어? 그 왜, 잘나가는 선수들 보면 연예인도 집적대고, 골프선수가 집적대고 그러잖아."

같은 또래이기 때문에 짚을 수 있는 질문이었고, 영석과 진희가 별세계의 사람들처럼 유명하니 물어본 것이다.

영석과 진희는 마주 보며 생각에 빠졌다.

그리고……

"진희가 최고야."

"영석이랑 죽을 때까지 붙어 다닐 거야."

둘은 약속이라도 한 듯, 입을 맞춰 비슷한 맥락의 대답을 했다.

"……"

"……"

좌중은 충격과 공포로 얼어붙었다.

닭살이 돋다 못해 아예 닭으로 승천하는 게 아닐까 싶을 썰렁함이 맹렬하게 휘몰아치고 있었다.

"…그, 그래."

이재림은 못 볼 걸 봤다는 듯 시선을 회피하며 주섬주섬 짐을 챙기기 시작했다.

탁!

"시합이나 신경 써, 이놈아!"

최영태가 이재림의 등판을 후려치며 일갈했다.

"억!"

이재림은 아프지도 않으면서 등을 쓰다듬으려는 코믹한 행동을 보였고, 처절한 한마디를 외치며 선수 입장실로 뛰어갔다.

"나왔다!! 어른의 논리!! 두고 보자!"

"……"

"……"

그렇게 순식간에 사라진 이재림을 보며 좌중은 침묵에 빠졌다.

"…잘하겠죠?"

영석의 목소리만이 힘없이 맴돌 뿐이었다.

*   *   *

2회전이 끝났다.

영석과 진희는 거뜬하게 상대 선수를 지르밟는 것에 성공했다.

그리고 다른 세 선수도 분전에 분전을 거듭하며 나름의 성과를 얻어냈다.

이형택, 이재림은 2회전까지 성공적으로 돌파했다.

조윤정은 아쉽게도 2회전에서 탈락하고 말았다. 다른 선수들과 달리 상대가 너무나도 안 좋았다.

〈김진희〉

운명은 얄궂게도 조윤정을 3번 시드인 김진희와 맞붙게 했고, 'WTA 세계 톱을 근 시일 내에 노릴 수 있는 최고의 젊은(어린) 선수'로 꼽히는 선수인 진희는 그 명성에 걸맞게 조윤정을 압도적으로, 무참하게 무찔렀다.

'무리지.'

영석은 냉정하게 조윤정의 패배를 납득했다.

오클랜드 오픈 때는 비벼볼 만한 구석이 조금은 있었을지도 모른다.

하지만 호주 오픈 준우승, 두바이 오픈 우승을 겪은 진희는, 이제 조윤정과는 '급'이 달랐다. 극소수의 몇몇만이 진희의 앞을 가로막는 실정.

이 위험한 선수에 대항하기엔 조윤정은 실력이 명백히 모자랐다.

"잘해."

파리하게 질린 얼굴로 짤막한 인사를 남긴 조윤정은 다음 투어 일정을 위해 미국을 떠났고, 진희는 아무런 위로의 말도 건네지 못하고 조윤정을 떠나보냈었다.

"냉정한 세계야. 이긴 사람은 계속 이겨 나가야지."

최영태가 조금은 기죽어 보이는 듯한 진희를 위로했고, 영석은 말없이 진희를 안아 등을 토닥여 줬다.

"잘했어. 조윤정 선배도 만족했을 거야. 선배도 프로인데."

"…그렇겠지?"

진희는 영석의 품에 한참을 안겨 있었다.

*   *   *

3라운드.

영석은 28번 시드를 받은 Marcelo Rios를, 진희는 27번 시드의 Paola Suarez를 상대할 예정이었다.

이형택은 Francisco Clavet를 만나며 4라운드인 16강에 대한 의지를 불태웠다.

그리고 이재림은… Andy Roddick을 만나게 되었다.

"……."

침묵을 지킨 채, 제법 차분한 기색을 보이고는 있다만, 이재림은 누가 봐도 안쓰러울 정도로 긴장을 하고 있었다. 시합은 내일인데 말이다. '어떡해!!'라는 소리 없는 비명이 영석의 귀에 쾅쾅 꽂히는 것 같았다.

"뭘 쫄아 있어."

그 이름도 위대한 마스터스 시리즈.

그곳에서 3라운드까지 진출한 건 이재림에게 엄청난 쾌거였다.

단숨에 100위 안쪽으로 치고 들어갈 확률이 높을뿐더러, 테니스계의 떠오르는 신예로 주목받을 수 있다.

하지만, 선수가 대부분 그렇듯, 지금 당장 이재림은 그런 걸 만끽할 여유가 없었다.

"로딕이라니! 으아!!! 광서버!! 으악!"

영석의 타박에도 개의치 않고, 이재림은 마음껏 절망감을 발산하고 있었다.

탁!

진희가 가볍게 이재림의 팔을 때렸다.

고개를 들어 의아한 표정을 짓는 이재림에게 진희가 정곡을 찌르는 말을 뱉었다.

"영석이한테는 잘만 도전했잖아. 몰랐어? 얘 호주 오픈 우승자야. 서브도 얘가 더 빨라."

"……."

이재림이 눈을 동그랗게 뜨고는 영석을 손가락으로 가리켰다.

그리고 천천히 로딕의 이름을 상기했다.

서열(?)이 정리가 됐다.

"…그러네. 덤벼!!"

이재림이 괜히 영석에게 으르렁댔다.

"너 조울증 있냐……."

영석은 한숨을 쉬며 이재림을 코트로 이끌었다. 리턴 연습을 시킬 심산이다.

"좋았어!! 할 수 있다!"

이재림은 원시부족이 제사를 지내듯 주문을 외우고 있었다.

그 모습이 퍽 귀여워 영석은 피식 웃었다.

'그래도 재림이가 있어서 분위기가 좋아.'

쾅!!

"느려!"

영석의 서브가 속절없이, 이재림을 유린하고 있다.

최영태는 옆에서 이재림에게 끊임없이 조언을 던지고 있었다.

쾅!!

쉭—

"……."

이재림이 도통 모르겠다는 듯, 자신의 영역이 아니라는 듯 하얗게 질린 얼굴로 제자리에서 몸을 부들부들 떨고 있었다.

연습 시합 때는 그래도 라켓이라도 휘두르려고 노력하더니, 막상 내일 로딕과 붙는다는 생각을 하자 쓸데없는 상념이 끼어든 탓이다.

"잠깐!"

최영태가 영석을 멈추고는 이재림에게 차분한 목소리로 말했다.

"눈으로 포착이 안 되면, '리듬'을 기억해. 로딕의 서브와 영석이의 서브는 분명 속도에서 조금 차이가 나긴 하지만, 로딕은 공을 던지고 라켓을 휘두르기까지의 시간이 영석이보다 짧아. 즉, 체감적인 속도는 비슷하다는 거지."

"……."

이재림의 얼굴에 혈색이 돌기 시작했다.

"와이드와 센터 두 가지 경우가 제일 받기 힘드니까, 그 리듬만 잡으면 그 외의 코스는 절로 익숙해질 거다. 하나—둘—셋을 세면서 영석의 폼을 보는 건 하지 마. 라켓에 공이 맞는 순간부터 리듬을 잡아. 그게 중요해."

"넵!"

그렇게 이재림은 약 30여 분 동안 영석의 서브로 리턴을 연습하는 호사를 누릴 수 있었다.

*   *   *

다음 날.

하루 일정을 마친 선수들은 식사를 하고 있었다.

"선배는요?"

영석이 최영태에게 물었다.

자리에 이형택이 없었기 때문이다.

"피곤하다고 쉬러 갔어."

최영태는 짤막하게 대답했다.

"…재림이는요?"

진희가 침울한 기색을 숨기지 않고 물었다.

"…방에."

"……."

그렇다.

이재림은 결국 로딕의 벽을 허물지 못했다.

4 : 6, 6 : 3, 2 : 6의 치열한 접전 끝에 로딕에게 패하고 만 것인데, 얼마나 분통했는지, 이재림은 그 자리에서 라켓을 모두 부러뜨렸다… 고 전해 들었다.

스코어에서 알 수 있듯, 승리를 꿈꾸기에 충분할 정도였기 때문에, 분노가 더 컸던 것이다.

"영상, 찍어두셨어요?"

영석이 강춘수를 향해 물었다.

강춘수는 눈짓으로 박정훈을 가리켰다.

"찍어놨어."

박정훈이 기운 빠진 목소리로 답했다.

"저 혼자 볼게요."

영석은 담담하게 말하며 식사를 마무리하고는, 침착한 표정으로 입가를 닦았다.

*　　　　*　　　　*

영석의 방.

박정훈에게 캠코더를 받은 영석은 방의 티비에 연결해 영상을 재생시켰다.

화면에는 어제와 달리, 굳건한 심지가 잘 드러나는 모습의 이재림이 살벌한 눈빛을 하고 로딕을 쏘아보고 있었다. 시합 전과 시합 당일의 마음가짐이 다른 것, 그것 하나만 놓고 보자면 이재림도 탁월한 선수임에는 틀림없다는 걸 알 수 있었다.

달칵.

영석이 재생 버튼을 누르자,

펑!!!

로딕의 서브가 시작되었다.

끽, 끼긱!!

서브를 받기 위함인지, 베이스라인에서 한참을 더 뒤로 물러선 이재림이 폭풍처럼 짓쳐 드는 로딕의 서브를 맞이하여 한없이 미약해 보이는 라켓을 휘둘렀다.

펑!!

한동안 영석의 서브에 시달렸던 것이 효과가 있는지, 이재림은 자세가 무너지면서까지 서브에 대응했다. 1세트 첫 번째 게임의 첫 서브를 리턴했다는 것은, 이재림의 집중력이 좋은 상태임을 나타내는 것이다.

끽! 펑!!!

그러나 높게 뜬 공은 로딕의 스매시에 바로 격침당했다.

'로딕의 서브 게임은 대부분 이런 전개일 거고… 2세트는 이겼다고 했지? 어디 보자.'

한결 침착해진 얼굴로, 영석은 앞으로 감기를 시작했다.

중간중간 짤막하게 재생을 하며 경기의 흐름을 파악하는 것을 잊지 않았다.

달칵.

그리고 다시 재생 버튼을 눌렀다.

"윽!"

펑!!

묘한 신음을 내며 이재림이 서브를 시도했다.

'나쁘지 않아.'

속도는 느리지만, 좋은 코스로 들어갔다.

서브는 속도 하나만으로 모든 것을 압도할 수 있는 것은 아니다. 코스가 좋다면, 속도의 부족함도 능히 보완할 수 있는 것이 서브다.

로딕이 양팔을 쭉 뻗어 공을 걷어냈다.

"으으으!!"

펑!!

다시금 묘한 소리와 함께 넘어온 공을 향해 이재림이 팔을 거칠게 휘둘렀다.

그 모습을 보는 영석의 눈에 이채가 깃든다.

쉬익— 쿵!

땅에 찍힌 공이 상당한 높이로 튀어 올랐다.

쉭! 펑!

이미 1세트에서 이재림의 톱스핀에 충분히 시달렸는지, 로딕은 베이스라인에서 충분한 거리를 두고 공에 대응했다.

"……."

넘어온 공을 향해 이재림이 눈을 번뜩이는 게 영상으로도 느껴졌다.

몸 전체로 발산하는 기의 종류가 달라진 것이다.

'안 돼. 너무 티 나.'

뭔가를 시도하려 하는 게 뻔히 드러난 상황.

그리고 이럴 땐 대부분 드롭이다.

퉁!! 끽!

공이 이재림의 라켓에 튕기는 순간, 로딕이 비호처럼 몸을 날렸다.

이재림도 어쩔 수 없다는 듯 네트로 몸을 던졌다.

두 선수의 치열한 눈치 싸움이 시작됐다.

퉁!

완벽하게 자리를 잡은 로딕이 이재림을 힐끗 한번 훑더니 로브를 띄웠다.

'절묘해!'

분명히 이재림의 높이를 고려한, 일절 낭비가 없는 로브였다.

끽!

그리고 이재림의 대처도 훌륭했다.

예상이라도 한 듯, 로딕이 공을 띄움과 동시에 뒤를 향해 엄청난 속도로 달린 것이다.

끽, 끼긱!!

도착 지점까지 따라붙은 이재림이 몸을 휙 돌려 강맹한 기세를 보이다가 일순 힘을 쭉 뺀다.

'로브!'

영석은 이재림의 선택에 감탄을 했다.

쉬익—

마찬가지로 절묘한 로브가 로딕의 키를 훌쩍 넘는다.

다다다다다닥!!

엄청난 속도로 쫓아간 로딕이 간신히 베이스라인에 떨어진 공을 처리했다.

팡!!

그러나 그 공은 날카롭지 못했고, 이를 아득 물은 이재림은 그 공에 온 힘을 쏟아 팔을 휘둘렀다.

쾅!!!

쉭— 쿵!

빠르게 날아간 공은 마치 낫 모양처럼 급격하게 직각으로 떨어졌고, 로딕은 그 공을 잡지 못했다.

"컴온!"

이재림이 맹수의 울부짖음을 토해냈다.

*   *   *

"후우……."

영상을 끝까지 본 영석이 아쉬움의 한숨을 내쉬었다.

노 시드의 이재림은 2세트를 갖고 오고 3세트 초반에도 사나운 기세로 로딕을 몰아붙였다.

하지만 기세는 로딕이 서브 에이스를 세 개 연속으로 꽂으면서 일거에 꺾였다.

그 뒤로는 1세트와 같은 양상이 흘렀고, 이재림은 딱히 모자람 없이 '무난하게' 패배를 당했다.

'좋아해야 하는 건지…….'

분명 패배한 것은 아쉬웠지만, 이재림은 엄청난 속도로 성장하고 있었다.

아마, 내일 스포츠 뉴스도 이재림의 소식으로 도배될 것이다.

—한국의 이재림, 톱 서버 로딕을 만나 분전! 이런 식으로 말

이다.

"나도 이제는 슬슬 집중해야겠지."

영상을 보고 나니 마음이 조금 후련해졌다. 비로소 다른 일에 신경을 쓸 수 있게 된 것이다.

이재림이 패배를 한 것은 아쉽지만, 이제 곧 16강이다.

마음의 여지를 남겨두었다가는, 꼴사나운 패배를 당할 수도 있다.

"내가 그렇게 패배한다는 건… 납득할 수 없지."

그리고 16강에서는 꽤나 인연이 깊은 상대를 만나게 됐다.

〈Paradom Srichaphan〉

2002 부산 아시안게임 테니스 남자 단식 부문 결승전 상대였던 스리차판을 만나게 된 것이다.

*　　　　　*　　　　　*

스리차판.

영석에게 부산 아시안게임에서 맥없이 패배했지만, 그는 여전히 아시아의 강자 중 한 명이었다.

〈영석—스리차판—이형택〉

ATP에서는, 아시아의 이 세 선수가 가장 핫한 상황이다.

비록 'Pride of Asia'라는 화려한 수식어는 영석이 독점했지만 말이다.

쾅!!

끽, 끽!!

쾅!!

끽, 끼긱!

코트는 영석과 스리차판의 랠리전으로 한창 달아오르고 있었다.

쉭─

넘어오는 공은 폐부를 찌르는 코스다.

아슬아슬한 코스에 정확하게, 그리고 빠르게 찍히기 때문에 아무리 빠른 선수라 해도 완벽한 자세를 잡기 힘들었다.

펑!!

그럼에도 둘은 자세는 무너질지언정, 공만큼은 원하는 곳에, 계산하고 있는 설계에 맞게 따박따박 보내고 있다.

톱 프로가 보이는 숨 막히는 에너지와 열기에 관중들은 숨을 죽이고 이 승부의 행방을 가늠할 따름이었다.

'발전한 건가⋯⋯?'

정작 스리차판을 상대하는 영석은 큰 지루함을 느끼고 있었다.

얼핏 보기엔 상당한 접전으로 여겨질 수 있지만, 영석의 심계는 깊고 깊었다.

'지금부터 5구로 끝. 1구.'

펑!!

듀스 코트에서 영석의 백핸드가 작렬하고, 공은 크로스로 둥실— 뜬다는 느낌으로 빠르게 넘어갔다. 필요 최저한의 톱스핀이 걸린 공은, 영석이 평소에 구사하는 구질은 아니었다.

약 1초 남짓의 여유를 상대에게 준 영석은 눈을 빛냈다.

'러닝 포핸드를 치기엔 너무 여유가 있고, 완벽하게 자리를 잡고 치려고 하기엔 여유가 없지. 결국……'

끽! 다다닷!

힘들게 공을 쫓아간 스리차판의 근육이 꿈틀댄다.

입고 있는 옷이 몸에 딱 달라붙어 근육의 결까지 다 보였다.

콰앙!!

바위가 공을 때리듯, 옹골찬 느낌의 포핸드가 터졌다.

'2구.'

끽, 끼긱!!

아슬아슬하게 애드 코트의 라인 안쪽으로 타고 들어오는 공을 맞이하여 영석은 몸을 날렸다.

'러닝 포핸드로 때릴 때보다는… 받기 쉽지. 각을 깊게 줘서……'

영석의 손목이 고도로 정밀한 기계처럼 미세하게 라켓을 이동시킨다.

㎜ 단위의, 극도로 세밀한 움직임은, 다른 사람이 보기엔 아무런 차이가 없어 보였다.

팡!!

'3구.'

짧게 떨어지면서도 각도가 예리하고 깊은, 지금까지의 리듬을 뒤엎을 만한 위험성 높은 선택의 포핸드 스트로크.

영석은 공이 완전히 떨어지기도 전에 1시 방향으로 뛰었다.

다다다닷! 끽, 끼긱!

화려하게 발을 놀리면서도, 영석의 머릿속은 차가운 얼음물과 같은 상태였다.

'스리차판은 이 공을 친다. 스트레이트는 불가(不可). 네트와의 거리가 너무 짧아. 크로스로 걸어 넘기겠지. 그게 4구. 그 공을 발리로 끊으면 5구.'

끽!

거리가 상대적으로 짧았던 덕분일까.

스타트가 늦은 영석이 오히려 먼저 자리를 잡게 되었다.

그리고,

끼이익—

스리차판은 길게 다리를 찢어 발을 미끄러뜨렸다.

발바닥과의 접지가 강한 하드 코트에서도 아무런 무리 없이 펼치는 절정의 스텝.

휙—

툭, 툭.

하지만 라켓은 허공을 가를 뿐, 공을 맞히지는 못했다.

'5구가 아니라 3구였군.'

영석은 가는 미소를 머금고는 몸을 돌려 베이스라인으로 향했다.

"……."

스리차판은 영석의 등을 한참 동안 바라볼 뿐이었다.

"저 녀석… 흉중에 능구렁이가 더 늘었군……."

여느 때와 같이, 박정훈을 옆에 앉혀놓고 최영태가 말을 뱉었다.

"타이밍을 미세하게 조절하네요. 자신이 치는 타이밍은 물론이고, 상대방이 공을 치는 타이밍까지 조절하다니… 그게 가능한 거긴 합니까?"

"……."

박정훈의 물음에 최영태는 정확한 답을 내릴 수 없었다.

상상을 해본 적도 없는 영역의 얘기라 정확히 진단할 수가 없는 것이다.

박정훈 역시 대답을 기대하진 않았다는 듯, 혼잣말을 뱉듯 이어서 중얼거렸다.

"어디까지나 제 상상입니다. 조절을 한다는 것은, 우선 자신의 신체 능력을 세밀하게 조율하여 퍼포먼스로 이끌어야 한다는 것이죠. 그게 된다면 상대방의 반응을 두세 가지에서 한두 가지로 잘라낼 수 있을 겁니다. 이 과정까지 오면… 자신의 설계를 보다 미시적으로 짤 수 있죠."

동감한다는 듯 최영태가 고개를 끄덕인다.

"그런데… 이게 가능하려면… 제 어림짐작으로는 상대보다 두 배 이상의 종합적인 기량이 전제되어야 합니다. 힘, 속도, 구질… 너무나 방대해서 나열할 수도 없네요. 그런데 스리차판의 두 배라……."

"박 기자님 말씀대로라면 한 포인트에서 승기를 잡을 때만 그 '두 배' 이상의 기량을 보이면 되죠. 그리고 상대방이 그 순간에 발휘할 수 있는 기량들을 깎으면 보다 용이할 겁니다. 가능한지는 모르겠지만."

"……"

두 남자는 잠시 대화를 멈췄다.

이윽고 이어진 포인트에서도 여지없이 보이는… 너무나 훌륭해서 가늠조차 안 되는 영석의 능력에 그저 감탄하기에 바빴기 때문이다.

*　　　*　　　*

4라운드도 끝이 났다.

이형택은 4라운드를 끝으로 마이애미에서의 일정을 마쳤다.

나름의 분전이었고, 괜찮은 성과였다.

물론, 이것은 커리어에 한정된 것. 찾아오는 아쉬움과 자괴감을 스쳐 보낼 수는 없었다.

그저 그 쓰디쓴 것들을 흉중에 머금고 다음 일정을 위해 걸음을 바삐 옮길 뿐이었다.

"너희는… 늘 그랬듯, 이번에도 우승해라. 자랑스러울 거야."

남기는 한마디조차 철저하게 선배로서의 격려였고, 영석과 진희는 진중하게 고개를 끄덕임으로써 이형택의 격려를 온전히 받아들였다.

"……"

앞으로의 투어 일정이 상당 부분 이형택과 겹치게 될 예정인 이재림은 퉁퉁 부은 눈을 하고서는 아쉬운 눈빛으로 영석과 진희를 바라봤다. 영석에게 머무는 눈길이 조금 더 길었다. 자웅을 겨루기를 꿈꿨던 것일까. 이재림이 쏘아 보내는 아련한 눈빛에 영석이 말을 건넸다.

"돌다 보면, 또 만나겠지. 기회는 많아. 조바심 가지지 마."

"…그래."

침울해하는 이재림의 머리를 거칠게 쓰다듬은 이형택이 끝으로 한마디를 남겼다.

"또 보자."

"네!"

영석과 진희는 한목소리로 대답했고, 그렇게 이형택과 이재림은 각자의 성과를 품고 다음 투어 일정을 위해 플로리다를 떠났다.

"가는 사람은 가는 사람이고… 벌써 Quarterfinal이야. 재림이 녀석 때문인가… 왜인지 유독 이번 대회는 시간이 빠르게 지나가는 것 같구나."

분위기를 다잡는 건지, 일행의 부재에 대한 아쉬움을 토로하는 것인지 모를, 최영태의 말에 영석이 밝은 목소리로 답했다.

"저야 뭐 늘 하던 대로 해야겠죠."

3번 시드인 영석은 2번 시드인 애거시를 떠올렸다.

둘 다 QF, SF를 무난하게 거치면 아마 결승전에서 붙을 가능성이 크다.

여전히 이상하게도 대진운이 좋은 영석은 QF와 SF를 무난하게 이길 가능성이 높고 말이다.

필요 최저한의 긴장감을 마음속에 구겨 넣은 영석은 진희를 살폈다.

"…진희야."

"응!"

잠시간 멍한 얼굴이었던 진희는 영석의 부름에 밝게 대답했다. 변검을 보는 듯 재빠른 표정 전환이었다.

"긴장했어?"

조금의 걱정, 미량의 도발이 섞인 영석의 질문에 진희가 당차게 답했다.

"응. 긴장했어! 이기면 무슨 기분일까 상상하니까 죽겠는데?"

"……."

표범이 으르렁거리듯, 웃고 있는 표정 위에 서린 살기가 영석의 눈을 찌르고 지나가 지금은 이 자리에 없는 상대에게까지 뻗쳤다. 지금 진희는 떠난 이형택과 이재림 따위는 안중에도 없는 상태.

온 마음과 온 신경을 모두 다른 곳에 쓰고 있었다.

최소한 영석은 그렇게 느꼈다.

왜냐하면 QF를 지나 SF에 진출하게 된다면, 상대로 나오는 선수가 '그녀'이기 때문이다.

〈Serena Williams〉

다시 만난 숙적을 향해, 진희는 얼음장 같은 투기를 발산하고 있었다.

Chapter 59
격파(擊破)

Todd Martin이라는 미국의 노장 선수를 가볍게 무찌른 영석은 마찬가지로 Jelena Dokic라는 선수를 압도적으로 몰아붙인 끝에 승리를 따낸 진희와 함께 식사를 하고 있었다.

"나… 운동 안 했으면 큰일 날 뻔했겠어. 이렇게 식욕이 좋아서……."

진희가 입안에 든 음식을 한참을 오물거리며 씹어 삼키고는 뜬금없는 말을 던졌다.

시선을 어디에 둬야 할지 모르겠다는 듯, 끊임없이 이곳저곳에 눈길을 돌리는 모습에서 긴장감을 여실히 느낄 수 있었다.

"그래도 예뻤을 거 같은데?"

영석은 흰소리를 건네며 진희의 긴장감을 풀어주고자 노력했다.

'저번하고는 다른 모습인데······.'

보호 본능을 자극하는 진희의 모습을 봐서일까.

영석은 어떻게든 진희를 돕고 싶어졌다.

"밥 먹고 가볍게 운동하고 데이트할까?"

"···그래."

그제야 진희는 영석의 눈을 똑바로 바라보고는 빙긋 웃었다.

*   *   *

190cm 정도 되어 보이는 키, 곱슬거리는 머리칼은 정돈되지 않아 있었다.

어딘지 모르게 염세적으로 느껴지는 눈빛을 한 잘생긴 선수.

분위기 자체에서 톱 플레이어의 기운이 뿜어져 나온다.

Carlos Moya.

영석이 SF에서 붙게 된 상대의 이름이다.

1998년 프랑스 오픈(롤랑가로스)을 우승했고, 1999년에는 세계 랭킹 1위에도 올랐던 스페인 테니스의 굵직한 줄기에 해당하는 선수.

세계적인 지명도를 가진 훌륭한 선수다.

"도대체 스페인은 왜 이렇게 세계 랭킹 1위가 많은 거야······?"

비록 나달이라는 같은 스페인 출신의 거성(巨星) 앞에 빛을 바랜 선수들이 많지만, 그럼에도 불구하고 스페인은 훌륭한 선수들을 꾸준히 배출하는 것으로 유명하다.

영석이 알기로 1990~2010년까지 스페인 출신의 세계 랭킹 1위는 네댓 명 정도 되었다.

특히 그들은 프랑스 오픈(롤랑가로스) 우승자 출신들이 많은데, 이는 클레이 코트에 강하다는 것을 뜻한다.

클레이 코트에 강하다는 것은 무엇을 뜻하는 걸까.

"인내심, 꾸준함, 안정성……."

당장 떠오르는 단어만 해도 세 가지는 된다.

그리고 어렴풋이 어떤 스타일의 선수일지도 예측이 된다.

"나랑은 정반대일 확률이 높지."

영석은 씨익 웃으며 카를로스 모야와의 시합이 한시라도 빨리 시작되길 원했다.

'3세트 게임. 빠르게 1, 2세트 가져와서 진희 시합을 보러 가야지.'

비록 시합을 기다리는 이유는 다른 곳에 있었지만 말이다.

*   *   *

게임은 영석의 기대대로 빠르게 진척되고 있었다.

6 : 2, 4 : 1.

시합 시간 또한 1시간도 되지 않았다.

그만큼 엄청난 속도감으로 게임이 진행되고 있었고, 영석은 대부분의 포인트에서 모야의 두세 수 앞의 영역에서 놀고 있었다.

이와 같은 일이 발생한 이유는, 실력 차이보다는 카를로스 모야의 경기 스타일 탓이 컸다.

쾅!!

190cm의 키가 부끄럽지 않은, 쭉쭉 깔리는 서브가 빠르게 영석을 향해 쏘아져 오고 있었다.

210~220km/h의 속도였고, 낮게 깔려서 키가 큰 영석에게는 다소 꺼림칙한 서브가 될 수 있었으나, 영석은 큰 욕심을 부리지 않고 가볍게 공을 맞춘다는 생각으로 팔을 휘둘렀다.

한 방에 끝내겠다는 욕심은, 이 정도 수준의 선수에게 통하지 않는다. 그것은 만용이 될 확률이 크다.

더불어, 영석은 다른 꿍꿍이가 있다. 가급적이면 랠리를 길게 가져가는 것이 오히려 의도에 맞다.

실제로 이번 게임에서 리턴 에이스는 서너 개뿐이 되지 않았다.

쾅!

스트레이트로 뻗어간 리턴은 모야의 좌측으로 쏘아져 나갔고, 오른손잡이인 모야는 투핸드 백핸드로 대응했다. 휘두르다가 만 듯한, 짧기 그지없는 스윙이었지만, 모야 정도의 톱 플레이어에겐 폼은 그리 중요한 게 못 된다. 공의 질만 좋으면 상관없기 때문이다.

펑!!

역시나 공은 꽤나 질이 좋았고, 큰 포물선을 그리며 네트를 넘어온 공을 향해 뛰며 영석은 눈을 빛냈다.

'나쁘진 않아. 하지만……'

끽, 끽, 타닷!

무게감이 잘 안 느껴지는 가벼운 영석 특유의 스텝이 이어지고, 공간을 쪼개고 들어간 영석은 타점을 정밀하게 세팅해 놓은 후, 빛살처럼 빠르게 왼팔을 휘둘렀다.

쾅!!!

이번엔 크로스였다.

모야는 그 자리에서 다시금 영석의 공에 대항했다.

펑!!

다시금 짤막한 백핸드 스윙이 작렬했고, 이번에는 공이 스트레이트로 뻗어가며 영석의 우측으로 넘어왔다.

백핸드를 쳐야 하는 상황.

영석은 뿌득― 이를 앙다물며, 한없이 부풀어 오른 근육에서 뿜어져 나오는 모든 힘과 집중력을 한 점에 모았다.

콰아―앙!!

회전이 거의 없이 굵은 직선을 허공에 그리며 쭉쭉 뻗어나가는 공의 궤적이 실로 아름다웠다.

사선으로 뻗어나가며 코트를 대각선으로 양분하는 궤적에 모두가 감탄하기 바쁠 때, 유일하게 모야만큼은 정신없이 몸을 던져 영석의 공을 쫓기 바빴다.

휘리릭― 쾅!!

스페인 선수답게 발이 빠른 모야는 영석의 공을 기적적으로 따라붙어 팔을 휘둘러 댔다.

영석은 당황하지 않았다.

'그 정도는 기대하고 있었어.'

퉁!

급속도로 전개되고 있는 상황에서 영석은 타이밍을 교란시킬 수 있는 '평범한 공'을 하나 섞어서 보냈다. 랠리의 전개 양상을 바꾸려는 시도였다.

'내가 이렇게 보내면……'

모야는 이 기회를 놓치지 않겠다는 듯 움찔—하며 몸에 힘을 넣었다.

팔뚝에 지렁이 두세 마리가 놓인 듯, 핏줄이 솟구쳐 오른다.

누가 봐도 강한 공을 칠 거라 예상이 되는 상황.

'너는 반드시 드롭을 시도하지.'

휘익—

대기를 가르는 라켓이 공에 접근한 그 타이밍에 영석은 바닥을 박차고 앞으로 튀어 나갔다.

"……!!"

그 모습에 놀랐는지 한차례 몸을 잘게 떤 모야는 아뜩한 눈빛을 하며 팔을 마저 휘둘렀다.

도중에 스윙을 바꾸기엔, 영석이 박차고 나오는 타이밍이 너무나 적절했다.

타다다닥!! 펑!!

빠르게 네트까지 다가선 영석이 드롭샷이라기엔 조금 어설픈 공을 완벽하게 처리했다.

*　　　　　*　　　　　*

모야는 서브와 포핸드, 그리고 빠른 발을 무기 삼아 프로의 세계를 살아가고 있는 선수다.

많은 선수들도 이와 같은 무기를 갖고 있을 텐데도 모야가 톱 플레이어로서 명성을 날리고 있는 이유는 간단하다.

스페인 선수 특유의 안전성을 갖춤과 동시에 공격력이 좋기 때문이다.

즉, 수비력이 좋으면서도 공격적인 기질을 갖춘 선수라는 것이다.

공격력을 논할 때는, 크게 두 가지를 따져보면 된다.

하나는 공의 질, 즉 구질이다.

모야의 포핸드는 탁월한 신체 조건에 걸맞게 강력하고, 다양했다.

속도는 물론이고, 스핀의 양까지 누구와 견주어도 크게 모자람이 없는 수준의 공을 예리하게 보낼 수 있는 능력이 있다.

다른 요소는 바로 '전략'이다.

경기의 판을 짜는 능력에 있어 다른 선수들보다 조금은 우위에 서 있다.

덧붙여서 전략을 시행하기 위한 기술력 또한 훌륭했다.

'문제는 후자. 그게 나랑은 상성이 안 맞는다는 거지.'

차라리 끊임없이 방어를 거듭하다가 카운터를 날려대는 유형이었으면 영석을 몰아붙이는 것이 조금 더 현실성 있게 다가왔을지 모른다.

하지만 영석은 공격의 화신(化神)이다. 철저하고 강인하게, 짧은 시간 안에 상대의 목줄에 칼을 꽂는 것을 즐겨 하는 선수다.

그러기 위한 모든 능력—서브, 빠르고 곧은 그라운드 스트로크, 발리, 스텝 등—을 갖추고 있기도 하고 말이다. 모야의 빼어난 능력 또한 이러한 영석에게 비교하면 태양 앞의 반딧불에 불과했다.

비록 이번 게임은 욕심 부리지 않고 철저하게 계획한 대로 랠리를 끌어가려 했지만, 영석의 기본적인 성질은 공격과 공격, 그리고 공격이다.

두 배로 뛰고, 두 배의 인내심을 발휘해야만 영석에게서 틈을 만들어낼 수 있다.

그게 아니면, 영석을 상대하기가 극히 힘들어진다.

그것은 지금까지 영석이 무너뜨린 모든 톱 플레이어들의 성향을 살펴보면 입증이 되는 사실.

'그래도… 썩 훌륭했어.'

영석은 오연한 기색으로 이 게임 마지막 서브를 준비하며 웃음 지었다.

카를로스 모야라는 훌륭한 상대는 영석에게 좋은 실험 재료(?)가 되었다.

연습으로는 부족하다.

목이 서늘해지는, 그런 긴장감이 가득한 시합이 아니고서야 발전은 요원하다.

'아직도… 할 수 있는 게 있었어.'

스리차판 때부터 더더욱 명료하게 그 특성을 드러낸 영석의 테니스는 지금 틀을 잡아 완벽에 가까워지는 과정에 놓여 있었다.

아무리 작은 대회라도, 그것에 참가하면 반드시 성장할 수 있는 요소를 찾아내는 집요함. 그것이 영석의 진짜 장점일지도 모른다.

'예측, 강제.'

단순한 '예측'을 하는 것은 이미 끝났다.

영석이 원하는 것은, 자신의 예상을 현실로 만들어내는 작업.

상대방의 타이밍과 구질까지도 때에 따라서는 자신의 마음대로 조율할 수 있는 능력.

그러기 위한 영석 자신의 능력은 충분히 차고 넘친다.

적어도 '카를로스 모야'라는 선수에게는 말이다.

"끝내자."

마침내 마지막 조각이 방점을 찍는 순간이 도래했다.

토스를 올리는 영석의 얼굴에서 거듭된 승리로 인한 지루함은 어느새 사라지고 없었다.

*   *   *

콰아앙!!!

"……!!"

강춘수와 함께 진희의 시합이 진행되고 있는 코트로 빠르게 달려간 영석이 가장 먼저 들은 것은 무언가를 쪼개는 소리였다.

"왔냐?"

최영태가 영석을 보며 건조한 물음을 던졌다.

당연히 제자의 승리를 확신하는 듯한 어조. 그러면서도 한편으로는 결과를 기다리는 초조함이 느껴졌다.

영석이 쓴웃음을 머금고 답했다.

"네. 이겼습니다. 2 : 0."

"잘했어."

그제야 최영태는 무심함으로 가렸던 날것의 표정을 살짝 드러냈다.

미안함과 대견함이 조금씩 섞인, 최영태와 어울리지 않는 표정이었다.

"별말씀을요."

요즘 들어 진희에게 더욱더 신경을 쓰는 최영태는 이렇게 영석과 진희의 시합이 동시에 열리게 되면 진희의 시합에 집중을 하는 경향이 있다. 아무래도 더할 나위 없이 최고의 흐름을 타고 있는 영석보다는, 영석에 비해 조금 미진한 진희에게 마음이 쏠리는 것이다.

하지만 그것은 영석도 열렬하게 원하는 바. 오히려 자신이 먼저 최영태에게 권하고 싶었던 것이었다.

결론적으로, 여전히 이 사제(師弟)는 신뢰로 묶여 있었다.

"두 개째야."

최영태가 굉음의 정체를 언급하며 턱짓으로 코트 한복판을 가리켰다.

자리에 앉아 최영태가 언급한 곳으로 시선을 돌리자 그녀가 보였다.

〈Serena Williams〉

흑표범이 연상되는, 야성 가득한 전사.

들고 있는 것이 라켓임에도 흉기가 연상되게끔 하는 처절한 투지와 강렬한 적의.

테니스라는 스포츠의 형태를 빌려 매일매일을 전쟁처럼 살아가는 여제(女帝)가 성난 사자처럼 으르렁대고 있었다.

그리고 그 옆에는 처참하게 부서진 라켓이 흉물스러운 모습을 만천하에 드러내고 있었다.

세레나는 그것으로 분이 풀리지 않는지, 한차례 목이 꺾인 라켓을 들어 완전히 두 동강 내버리고 말았다.

과격하게, 그리고 폭력적으로 말이다.

"많이… 화났나 보군요."

영석은 분노로 벌겋게 달아오른 세레나에게서 눈을 떼, 힐끗 전광판에 시선을 두었다.

⟨6 : 4, 1 : 1⟩

1세트는 진희의 승리이고 지금 2세트가 진행되고 있는 듯했다.

한 세트를 이겼지만, 영석은 들뜨지 않았다.

진희가 한 세트를 이길 수 있는 역량이 있다는 건, 2001년 US 오픈 주니어 때부터 알고 있었다. 중요한 건 결과로서의 승(勝). 세레나는 승리를 위해서라면 앞으로도 몇 세트고 뛰어다닐 체력이 있는 선수였다.

"이런 말을 내 입에서 내뱉게 되는 날이 오게 될 줄은 몰랐지만… 영석이 넌 테니스의 신을 믿을까."

의문문임에도, 어조가 평탄한 최영태 특유의 화법에 영석이 고개를 갸웃하다가 답했다.

"그런 게 어딨어요. 저는 저고, 상대는 상대지."

인간성, 인격 등과는 별개로, 테니스에 관한 영석의 가치관은 그 자신의 게임 스타일처럼 건조하고, 공격적이며, 기계적이다.

스스로의 역량을 닦고, 상대를 침몰시키는 것.

그리고 종래엔 그것이 자아실현(自我實現)에 기여하게 되는 것.

영석은 이것을 위해 테니스를 친다.

"오늘… 진희는 신(神)이 깃들었어."

최영태는 진지하게 헛소리를 늘어놓았다.

안 어울리는 모습에 웃음을 지을 법도 하지만, 영석은 그런 최영태를 진중한 눈으로 바라보고는, 코트에 있는 진희에게로 시선을 던졌다.

*   *   *

진희는 초연한 표정이다.

긴장감도, 치열함도, 하물며 초조함도 보이지 않고 있다.

무색(無色), 무미(無味)와 다름없는 분위기를 보니 최영태가 한 말에 어느 정도 수긍이 됐다.

'건조해.'

이기는 경우든, 지는 경우든 항상 에너지 넘치는 경기를 했었던 진희 아니던가.

영석은 진희를 통해 자신을 보는 듯한, 소름 돋는 기분이 들었다.

쾅!!

그리고 시작한 세레나의 서브.

오늘도 여자 선수의 한계를 가볍게 넘나드는 세레나의 서브는 감탄을 끌어내기에 충분했다.

몇 번을 봐도, 훌륭함은 퇴색되지 않고 빛을 발한다. 마치 보석처럼 말이다.

"역시."

세계 최고, 최강의 서버로 자리 잡은 영석의 눈에도 세레나의 서브는 남다르게 보인다.

속도는 고작(?) 200㎞/h대에 불과하지만, 공 자체에 담긴 사나움이 그대로 전해지는, 훌륭한 서브이기 때문이다.

'같은 여자라면, 저 서브는 받아낼 수 있을 거란 기대가 들지 않을 것 같겠지.'

영석은 그렇게 오늘도 세레나의 서브에 대해 감탄을 하는 한편, 진희의 움직임을 주시했다.

끽!!

다리는 크게 한 걸음.

공이 떨어지는 예상 낙하지점을 빨리 캐치했다는 증거다.

라켓은 그저 들기만 하고 있다.

손목을 세워서 라켓 헤드를 같이 세울 뿐, 테이크 백조차 하지 않는다.

패기나 치열함, 받아내고야 말겠다는 의지가 느껴지지 않는다.

그리고 몸을 아주 살짝 틀어 공과 라켓의 거리를 만들어낸다. 여전히 팔은 움직이지 않는다.

펑!!

그리고 틀었던 몸을 다시 제자리로 돌리며 라켓을 공에 갖다

댄다.

테이크 백이 없었던 것처럼, 팔로스윙 같은 건 이어지지 않는다.

정말 문자 그대로 '갖다 댄 것'이다.

그럼에도 공은 쏜살같이 되돌아갔다.

'눈을 통한 정확한 포착, 간결한 스윙으로 이어지는 합리적인 리턴. 여기까지는 똑같아. 진희의 특기.'

힘 하나 들이지 않은 듯 보이는 리턴이 이토록 빠르게 쏘아지는 것은, 역설적으로 세레나의 서브가 너무 훌륭하기 때문이다.

진희는 그저 벽이 되어 작용에 대한 반작용을 돌려주었을 뿐이다.

그것만으로 충분했다.

그리고 이어진 진희의 움직임은 영석을 놀라게 했다.

"……!!!"

진희의 리턴이 훌륭하다지만, 세레나가 그것을 못 받을 리는 만무하다.

듀스 코트에서 서브를 했던 세레나는 애드 코트까지 뛰어가 공을 쳐냈다. 뛰어가는 발의 빠르기도 훌륭했고, 양손으로 휘두르는 스윙에서는 서늘함을 느낄 정도였다.

쾅!!

역시나 명성에 맞는 괴력이 이어지며 공은 쏜살같이 네트를 넘어갔다.

코스는 스트레이트.

탓, 끽!!

그러나 예상이라도 한 듯, 진희는 침착하게 대응했다.

공이 사정권에 들어오기 전까지는 감탄이 절로 나올 정도로 민첩하게 움직인다.

영석이 놀란 것은 이다음부터다.

슥—

서브를 리턴할 때처럼 온몸에서 맥이 탁— 풀렸음이 느껴진다.

슬로모션처럼 진희의 움직임이 한없이 느리게 보인다.

아니, 실제로 거의 움직이지 않았으니 느리게 보이고 말고 할 것도 없었다.

리턴할 때보다는 조금 더 움직임의 범위가 넓어졌지만, 여전히 몸을 적게 열고, 테이크 백도 작다.

뭘 어떻게 하겠다는 건지 도저히 유추가 되질 않았다.

하지만, 여전히 결과물은 그럭저럭 훌륭했다.

휘—익!

쾅!

크로스로 쏘아 보내는 포핸드 스트로크가 썩 유려하다.

공의 속도, 회전, 코스 등이 모두 일정 기준 이상을 점하고 있는 것이다.

'이것도 세레나의 그라운드 스트로크가 훌륭해서이지.'

왜 기껏 공을 잘 따라잡아서 공격의 기회를 놓치는 건지, 영석은 도무지 이해할 수가 없었다.

'물론, 벽은 위대해.'

—세계를 호령했던 모든 선수들을 단 한 명도 제외하지 않고 모조리 패배시킬 수 있는 존재가 있다면, 그것은 '벽'밖에 없다.

라는 명언(?)이 있지 않은가. 그만큼 벽을 상대로는 무엇을 해도 통하지 않는다는 것이다.

하지만 사람은 결코 벽이 될 수 없다.

"잘 봐."

영석이 이런저런 불만 아닌 불만으로 생각을 이어가고 있을 때, 최영태가 옆에서 불쑥 끼어들었다.

'잘 보라고? 뭘?'

여전히 답이 보이지 않아, 영석은 자신이 진희를 상대하고 있다는 가정을 하기에 이르렀다.

'3구 내.'

진희가 이렇게만 한다면, 3구 내로 끝낼 수 있다는 생각이 들었다.

그렇다면 세레나의 경우에도 5~7구 내라면 끝낼 수 있다는 것과 다름없다.

'앞으로 장기 독재 할 수 있는 천하의 명선수니까.'

역시나 세레나는 눈을 빛내고 몸을 웅크린다.

딱 자신이 보낸 만큼의 속도와 회전이 되돌아오는 것이 화딱지 날 일이지만, 머릿속으로는 이 상황을 종결지을 방법이 10가지도 넘게 떠오르고 있을 터.

"으아악!!"

펑!!

다시 듀스 코트로 돌아간 세레나가 악다구니를 쓰며 공을 찢어버릴 듯한 기세로 팔을 휘두른다.

'어디까지 이딴 식으로 받아칠 수 있을지 한번 보자!'라는 기세가 찌릿찌릿 피부를 통해 전해진다.

"……!!"

그때였다.

진희는 놀라운 움직임을 선보였다.

탓, 다다다닷!!

재빠르면서도 실로 민첩할 정도의 스텝이 창졸지간에 코트를 누빈다.

뛰어서, 공을 보고, 공을 치기 위해 자세를 잡는 이 움직임이, 하나의 동작인 것처럼 자연스럽다. 마치 빙판 위에서 몸을 놀리는 것 같은, 섬세하면서도 유려한 스텝.

'아까도 스텝은 정상적으로 잘했지만, 미묘하게 더 빠르다.'

조금의 시간적인 여유를 얻은 진희는, 공에 근접해서는 마치 날개를 펴듯 등을 활짝 열 정도의 테이크 백을 했다.

그리고…….

"합!!"

쾅!!!

명랑한 기합과 함께 공을 쳤다. 큰 동작으로 한 망설임 없는 스트로크.

공은 세레나가 보낸 것보다 훨씬 더 빠른 속도로 되돌아갔다. 그것도 ㄱ 자의 우측 구석에 정확히.

쒜엑—

그리고 진희는 팔랑팔랑거리며 날아가듯, 네트를 향해 빠르게 전진했다.

"큭!!"

팔을 길게 뻗은 세레나가 간신히 공을 걸어냈지만, 신기하게도 공은 진희의 라켓에 빨려들듯 들어가고야 말았다.

퉁!

툭, 툭…….

"예쓰!"

멋지게 발리를 성공시킨 진희가 작게 스스로에게 격려를 보내고는 세레나와 눈도 마주치지 않고 베이스라인을 향해 걸어갔다.

"어떻게 한 건진 모르겠지만, '시간'과 관련된 주도권 전부를 지니고 조율하는 거네요."

과연 영석은 진희의 이 한 포인트로 많은 것을 유추해 낼 수 있었다.

최영태도 가만히 고개를 끄덕이며 영석의 의견에 부연했다.

"네 경기를 많이 보더니 나름대로 연구를 한 것 같아. 살아남기 위해, 이기기 위해 나름의 치열한 고민을 한 거지. 차이가 있다면, 넌 '공격하는 입장에서의 조율'이고, 진희는 '수비하는 입장에서의 조율'이야."

"플레이 스타일이 그렇게 나뉘니까요."

둘은 말을 주고받으며 생각을 정리하기 시작했다.

"1세트 때도 이랬나요?"

"아니."

*　　　　　*　　　　　*

최영태의 설명은 이렇다.

1세트 때는 두 선수가 호주 오픈 때의 모습을 답습했다고 한다.

세레나는 자신을 승리의 길로 이끄는 요소가 무엇인지 정확히 알고 있었고, 그것을 활용하는 것에 몰두했다.

요약하자면, 힘과 속도. 그 둘에 치중했다는 것이다.

그에 맞서는 진희는 카운터 스타일의 맞춰서 주로 수비에 집중하는 테니스를 펼쳤었다.

그리고 그것을 그만두기까지는 단 세 게임이면 충분했다고 한다.

"상대가 약자의 포지션에 있을 때의 세레나는, 좀처럼 실수를 안 해."

선천적으로 포식자의 기질을 갖고 있는 세레나는, 수비만 하며 가끔씩 창을 내뻗는 소극적인 전략에는 결코 당하지 않았다. 공격에 공격을 거듭하더니 발리까지 펼치며 다양한 기술을 뽑아내기까지에 이르렀다.

"진희는 그때부터 변화를 시도했지."

수비를 하면서 진희는 문득 이런 생각이 들었을 거다.

ㅡ할 만한데, 이거?

서브도, 그라운드 스트로크도… 소극적으로 맞설 필요가 없었던 것이다.

단 몇 주라 해도 매일같이 영석과 시합을 했으니, 이렇게 생각하는 것은 무리도 아닐 터.

딱 하나의 문제만 해결하면 이 시합을 쉽게 이길 수도 있다는 생각이 들었을 것이다.

ㅡ세레나의 공이 쉽게 느껴지는 것과 별개로, 내 육체는 이 공을 실제로 잘 받아낼 수 있을까?

진희는 작은 실험을 시작했다.

영석이 구사하는 '설계' 능력을 바탕으로 공에 강약을 실어주며 세레나에게서 틈을 만들어내는 것.

"그건 진희한테 무리였어."

최영태는 담담하게 말했다.

영석도 고개를 끄덕였다.

'그건 명백히 이성의 영역에 있는 행위. 습관이 되어 있지 않으면 하기 힘들어.'

그 뒤로는 다시 원점으로 돌아갔다.

수비 중심의 테니스를 펼친 것. 그러면서 진희는 끊임없이 중간중간 세레나의 타이밍을 흩뜨릴 수 있는 순간을 찾고자 노력했다.

"4 : 4에서 그 타이밍을 찾고 브레이크에 성공했어. 내가 자세히 살펴봤는데, 일관성은 없어. 아마 '느낌'일 거야. 그리고 '세레나 전용'일 가능성이 커. 다른 선수한테 저렇게 했다간……."

확실히 진희는 충동적이고, 감성적인 영역에서 몸을 움직일 때 진가를 발휘한다.

그 뒤로 자신의 서브 게임을 처절하게 지킨 진희는 1세트를 가져오고, 본격적인 '느낌' 찾기에 돌입했다.

그리고 놀랍게도… 다섯 번 중 세 번은 세레나의 타이밍을 엉망으로 만들어내는 것에 성공했고 말이다.

"그래서 신이 들렸다고 말씀하셨던 거군요."

"내가 보기엔 연필 굴려서 정답 찾는 걸로밖에 안 보이니까."

최영태가 고개를 저으며 답했다.

영석은 진희의 등을 보며 빙긋 웃음 지었다.

            *   *   *

쾅!!

세레나는 자신이 이해할 수 없는 일에 몰두하는 스타일이 아니었다.

여전히 서브는 한 점의 흔들림도 없이 그 훌륭함을 자랑했고, 자신이 원하는 구도로 만들기 위해 윽박지르듯 공을 강하게 후드려 깠다.

그에 진희는 여전히 의미를 모르겠는, '벽이 되는 행위'를 이어 갔다.

"진희가 무슨 전략을 선택했는지는 알 것 같은데… 도대체 저건 왜 저렇게 하는지 모르겠네요."

영석이 한숨을 쉬며 말을 뱉었다.

최영태도 동조한다는 듯 고개를 끄덕였지만, 진희의 입장을 대변해서 말했다.

"우리가 이해했으면, 세레나도 이해했겠지? 그리고 저렇게 끌려다니진 않았을 테고."

"……."

5 : 2.

실로 압도적인 스코어로 2세트를 운영해 나가는 진희의 모습에, 영석은 할 말을 잃었다.

실제로 성과를 내고 있으니 말이다.

펑!!

이번에도 진희는 모두가 퀘스천 마크를 그리는 타이밍에 몸을 기민하게 움직였다.

겨우 3구째에 애드 코트로 쏘아진 세레나의 공을 훌륭하게 스트레이트로 보낸 것.

그 기묘한 타이밍에 세레나는 다소 반응이 늦어 그녀답지 않은, 어중간한 공을 보냈다.

그리고 진희는 눈빛을 빛냈다.

몸을 움찔한 것이다.

영석은 카를로스 모야가 떠올랐다. 근거 있는 기시감이 온몸을 훑고 지나간다.

—이런 타이밍엔, 반드시 드롭을 하지.

'이런 타이밍엔, 반드시 드롭을 하지.'

"······!"

세레나도 뭔가를 느꼈는지 움찔거리며 몸을 앞으로 쏘아내려 했다.

끽, 끽!

진희는 그 순간을 놓치지 않았다.

펑!!

모골이 송연하다는 느낌이 이와 같은 상황처럼 어울릴 때가 있을까.

영석과 세레나의 예상을 비웃듯, 진희는 회심의 인사이드—아웃 포핸드를 내질렀다.

"큭!!"

펑!!

다시 한 번 신음을 내뱉은 세레나가 팔을 쭉 뻗어 공을 걷어 냈다.

네트와 자신의 사이 한가운데에 떨어진 공을 맞이하는 진희 의 표정이 결의에 차 있다.

명백한 찬스.

무엇을 선택해도 세레나는 받아내기 힘든 상황이다.

퉁!

그리고 진희는 그제야 드롭을 선택했다. 속임수에 속임수를 덧칠한 것이다.

끽!

마침, 옆을 향해 뛰려고 준비하고 있던 세레나는 다시 한 번 움찔거리며 또 진희에게 속았음을 깨달았고, 그때는 이미 공을 걷어내기에 늦었다.

"게임 셋 매치 원 바이……"

―와아아아아아!!!

그리고 진희는 그토록 염원하던 '숙적에게의 승리'를 따냈다.

털썩―

그 자리에 주저앉은 진희가 땅에 고개를 파묻고 마구 소리를 질러댔다.

그 소리는 관객의 환호성에 묻혀 제대로 들리지 않았다.

Chapter 60
그 이름,
Andre Agassi

"진희야."

"응?"

일행과의 식사가 끝나고 영석과 진희는 산책을 하면서 도란도란 얘기를 나누었다.

손가락 사이사이를 서로의 손가락으로 빈틈없이 채운다.

이런 소소한 시간이 둘의 행복감을 빈틈없이 밀착시켜 준다.

"그, 왜. 멍하니 있다가 휘두르는 듯, 마는 듯하는 스윙은 왜 그렇게 한 거야? 도무지 이해가 안 돼서 꼭 물어보고 싶었어."

"음……."

영석은 좋은 분위기에서 서슴없이 궁금했던 점을 묻는다.

테니스가 곧 삶인 이 둘에게는, 달콤한 사랑의 속삭임만큼이나 테니스에 관한 얘기를 하는 것이 중요했다.

진희는 한참을 생각하더니 겨우 입을 열어 대답을 시작했다.

"그냥, 그땐 그렇게 했었어야 해."

"……??"

영석의 영문을 모르겠다는 표정은 차치하더라도, 본인이 생각하기에도 다소 부족한 설명이라 느낀 건지, 진희는 부연을 시작했다.

"세레나의 틈을 찾으려면, 몸과 머리에 힘이랄까, 그런 게 있으면 안 된다고 생각했어. 격렬하게 움직이는 건 뛰는 것만 허용. 나머지는 '느낌'을 찾기 위해 벽이 되는 거지. 그 순간에 욕심을 부리면, 도리어 내가 틈을 내줄 것만 같은? 그런 불안감?"

"……"

영석은 여전히 이해가 안 되는 '감각'이었지만, 잠자코 얘기를 듣고 있었다.

진희는 그 뒤로도 조곤조곤 자신의 심정을 말했다.

"이겼다지만, 세레나가 생각만큼 못했어."

메이저 대회에서 우승한 것처럼 승리감에 젖었던 게 바로 얼마 전이었는데, 진희는 담담한 어조로 본인의 들뜸을 가라앉혔다.

감격은 감격이고, 평가는 평가다. 서슴없는 냉혹한 자평에는 일말의 여유도 없었다.

"그래?"

영석이 의외라는 눈빛으로 진희를 마주 보며 물었다.

진희는 심각한 어조로 부연했다.

"호주 오픈 때가 100이라면… 이번엔 85 정도? 그만큼 틈 찾아내기도 쉬웠고……."

"아, 그럼 호주 오픈 때는 그런 틈이 없었어? 세레나가 평소보다 못했다?"

"응. 적어도 내 생각에는."

진희는 담담하게 사실을 인정했다.

영석은 그런 진희를 사랑스럽다는 듯 눈빛으로 토닥였다.

"이렇게 생각해 보는 건 어때?"

"어떻게?"

진희가 궁금함이 가득한 눈빛으로 영석을 봤다.

'귀여워.'

그 모습이 너무나 귀여웠던 영석은 무심코 허공을 노닐던 왼손을 들어 진희의 머리를 쓰다듬었다.

"그때 120이었고, 오늘은 100이었다는 걸로. 세레나의 평소 실력이 이번 대회라고 기준을 잡아봐. 호주 오픈을 기준으로 하면 안 되지. 그때는 평소보다 업되게 마련이잖아. 세레나는 그런 기세를 타는 거에 압도적인 재능이 있고."

"…흠. 나는 그럼 호주 오픈 때 별로 업된 게 아닌가?"

진희가 영석의 말에서 논리적인 허점을 찌르고 들어왔다.

모두가 실력 이상의 퍼포먼스를 구사했다면, 그때나 지금이나 차이가 없어야 하는 것 아니냐는 논리다.

하지만 영석은 다시 한 번 철옹성 같은 논리를 펼쳤다.

"그때의 너는 호주 오픈이 눈에 안 들어왔잖아. 세레나가 상대라는 것에 집중했을 뿐이지. 너에게 패배만을 기억하게 한 숙적. 그런 상황이라 업되기는커녕, 네 실력이 위축되었다고 생각해."

"……."

"그리고 진희 넌, 명백히 성장이 빨랐고. 호주 오픈 이후로 고작 7, 8주였지만, 네 성장은 누구보다 앞서 있다고 생각해."

"……."

영석의 말에 진희는 설득당했음을 침묵으로 표현했다.

"기뻐해도 돼. 누가 뭐래도 숙적이잖아. 드디어 1승을 거둔 거야."

영석은 밝게 웃으며 진희를 격려했다.

진희의 입꼬리도 그제야 조금씩 위를 향해 솟기 시작했다.

"그렇지? 나 잘한 거겠지? 이제 겨우 1승이겠지만, 앞으로는 더 많이 이길 수 있겠지?"

테니스 선수로 살아가는 동안, 승패 한두 번으로 상대와의 우위가 결정된다고 생각하면 안 된다.

수십 전이 쌓여야 비로소 신뢰할 수 있는 지표가 마련되기 때문이다.

냉정히 말해서 진희는 이제야 세레나와의 상대 전적에서 1승을 거둔 것에 불과하다. 승률로 따지자면 20%가량. 여전히 열세임은 틀림없었다.

물론, 앞으로의 전적은 이번 1승을 계기로 해서 많은 변동이 있을 테지만 말이다.

"물론이지."

"헤헤……. 고마워. 역시 너한테 확인받아야 제일 기뻐."

진희는 꿈지럭거리며 영석의 품을 파고들었다.

"……."

영석은 그런 진희의 등을 손 닿으면 부서질까 염려하듯, 조심스럽게 쓰다듬었다.

'그래, 실력의 우위는 한두 번의 전적으로 결정되는 것은 아니지.'

진희의 부드러운 육체와 맞닿아 있다는 기분 좋은 느낌과는 별개로, 머릿속으로 떠오르는 것은 결승전의 상대였다.

⟨Andre Agassi⟩

이미 호주 오픈에서 한차례 격침시킨 선수.

테니스 역사에서 굵직하게 자신의 이름을 남긴, 몇 없는 '전설'.

영석은 그 전설에게 다시금 자신의 역량을 쏟아낼 수 있다는 것이 즐거웠다.

'이번에는… 더 혹독할 거야.'

안겨 있는 진희의 머리 위로 대지를 붉게 물들이는 석양이 눈을 찌를 듯 파고들어 온다.

절로 애거시가 연상되는 마음에 영석은 끊임없이 스스로에게 경각심을 부여했다.

'태양이 가장 밝을 때는, 떠오를 때와 질 때지.'

*　　　　*　　　　*

2003. 03. 29.

진희는 2001년에 세계 랭킹 1위를 찍은 경험이 있는 Jennifer

Capriati라는 미국의 노장 선수를 6 : 2, 6 : 4로 격침시키며 본인의 커리어에 '티어 Ⅰ 우승 타이틀' 한 개를 추가하는 것에 성공했다.

세레나와의 시합에 비교하면 여유 있는 결승전이었다.

우승.

호주 오픈 준우승이라는 화려한 커리어가 있지만, 티어 Ⅰ은 메이저 대회급으로 우승하기 힘들다는 사실을 비추어봤을 때, 진희의 선수 생활을 바야흐로 본격적인 시동을 걸고 있다고 할 수 있었다.

무엇보다도, '천하의' 윌리엄스 자매와 최고의 유망주 킴 클리스터가 참가한 대회에서 이 동양인 소녀는 연전연승을 거두고 단 1세트도 내주지 않으며 '무실세트 우승'까지 이루어낸 것이 어마어마한 업적으로 평가받고 있다.

벌써부터 외신은 물론이고, 한국의 언론들도 연신 진희의 한마디라도 듣기 위해 노력하고 있었다.

"Korean Syndrome!"

박정훈이 탈춤을 추듯 덩실덩실대며 진희의 주위를 맴돈다.

김서영은 더 가관이다.

머리까지 풀어 헤치고 박정훈을 따라 진희의 주변에서 춤을 추고 있었다.

그 둘에게 꼼짝없이(?) 갇혀 있는 진희는 난처한 미소를 머금고 있을 뿐이다.

"그만 좀 해요. 창피하지도 않아요?"

보다 못한 영석이 한 소리 했지만, 둘은 들은 체 만 체였다.

영석도 말리고는 있지만 입가에 맴도는 미소를 숨기지는 못했다.

백 번 천 번을 해도 언제나 기쁜 것이 승리이고, 그보다 더 기쁜 것이 우승이다.

진희가 기쁠 것을 생각하니 영석 또한 희희낙락하는 것이다.

"내일 영석이 결승입니다."

그런 일행을 정리하는 것은 역시 최영태였다. 마치 역할극처럼, 자신의 차례가 와서 말했다는 듯한 덤덤함이, 최영태에게서 보였다.

그 묵직한 한마디에 고삐 풀렸던 분위기는 한차례 진정 효과를 얻었다.

"전략 구성, 컨디션 조절, 식단까지……! 이 녀석들이 너무 쉽게 우승하니 우리가 조금 나태해진 건 아닐까요? 본래 이 정도 대회에서 결승전을 앞두고 있으면, 우리들이 선수 본인보다 더 신경을 써야 되는 거 아닐까요?"

2차 폭격이 시작되었다.

지극히 원론적이고도, 그 옳음에 한 치의 틈도 보이지 않는 최영태의 말은 분위기를 단숨에 긴장감 있게 만들었다.

"맞아요! 우리 영석이 내일 결승이잖아요. 조금만 침착해요."

이때다 싶어 포위에서 벗어난 진희도 첨언했다.

박정훈과 김서영은 고개를 푹 숙였다. 유구무언(有口無言).

입이 열 개라도 할 말이 없음이라.

"우선 가볍게 몸을 풀까요? 춘수 씨. 히팅 파트너 불러주세요. 바로 연습 들어가야겠어요."

영석이 분위기를 정리하려는 듯, 몸을 쭉쭉 찢으며 말을 뱉자, 일행들에게 비로소 분주함이 깃들기 시작했다.

2003. 03. 30.

대망의 결승전, 그 아침이 밝아왔다.

시간 맞추기 힘들었을 부모님과의 통화도 마치고, 이재림에게도 응원을 받았다.

"내가 떨어졌으니까… 아니, 내가 뭘 해도 넌 잘하겠지. 우승해라."

끝에 가선 침울하게 어조가 가라앉은 것이, 응원인지 하소연 인지 모를 애매한 말이 되었지만, 영석은 기꺼워했다.

"…그만 봐도 돼. 너도 먹어야지."

진희는 보모라도 된 것처럼, 영석이 한술 뜨는 것조차 긴장감 이 깃든 얼굴로 힐끗거리고 있었다.

아닌 척하지만, 함께 살아온 세월이 세월인지라, 한눈에 보 였다.

"…힝. 입에는 맞아?"

영석의 말을 기다렸다는 듯 진희가 대놓고 영석을 챙기기 시 작했다.

영석은 늘 그랬듯, 담담하게 웃음 지으며 진희의 애정을 받았다.

*　　　　　*　　　　　*

"어제 본 것 같은 기분이 드네요. 잘 지냈죠?"

"오! 영석! 오늘은 어떤 플레이로 날 놀라게 할 거죠?"

코트에 입장을 했다.

그리고 영석은 애거시를 만났다.

여전히 민머리는 수줍게 반짝였고, 해학적이면서도 감정이 잘 드러나는 굵고 선명한 이목구비가 영석을 감싸 안는다.

'여자였으면 깜빡 죽었겠군.'

눈이 어찌나 큰지, 영석의 전신이 두 눈에 다 빨려 들어가는 느낌이었다.

모든 것을 포용할 수 있다는 느낌을 주는 아늑한 눈빛이었지만, 영석은 그 속에서 꺼지지 않는 열망의 편린(片鱗)을 포착해 냈다.

"오늘도 당신의 훌륭한 기술에 대항할 생각으로 머리가 가득 찬걸요."

오랜 해외 생활로 얻은, 원어민 이상의 능숙한 영어 실력이 유감없이 입에서 나온다.

그러면서도 머릿속으로는 흐트러지는 경계심을 열심히 끌어 올리고 있었다.

'70년생. 한국 나이로는 서른넷. 서른넷이라… 무엇이 그로 하여금 호주 오픈에 이어 마이애미에서까지 결승전에 오르게 했을까? 실로 대단한 실력이고, 감동적인 열정이야.'

영석은 애거시의 나이에 다다른 적도 없지만, 30대에 접어들고부터는 가급적이면 빛나는 커리어를 지키고 싶어 했다.

'이거다!' 싶은 대회에는 꼭 나갔지만, 그 외의 대회는 등한시

한 것.

세계 톱이라는 자부심.

그것이 한낱 나이라는 풍파에 꺾여 나가는 것을 도저히 참지 못했던 것이다.

'누릴 것도 없고, 더 이상은 기력도, 패기도, 깜짝 놀랄 만큼의 신체 능력도 발휘하지 못해. 그 허무함을 당신은 무엇으로 이겨 내고 있을까.'

자신보다 14년이나 늦게 태어난 선수에게 마지막이 될지도 모르는 메이저 대회 우승컵을 뺏기고, 작심하고 나온 마스터즈 결승에서도 또다시 그 선수를 맞이하게 됐다.

과연 애거시의 심정이 어떨까.

최고의 자리에서 끌어내려지는 그 참담함을 무엇으로 이기고 있을까.

영석은 한없이 궁금해졌다. 그리고 배우고 싶어졌다.

'꺼지지 않는 열정, 그것을 내 눈으로 확인해 보고 싶습니다.'

그리고 절로 입이 열렸다.

"오늘도 진심으로 잘 부탁드립니다."

"……"

애거시는 영석의 떨리는 목소리 탓인지, 대번에 표정을 굳혔다.

그러고는 눈가에 주름을 만들며 미소를 만들었다.

"나야말로. 새로운 세대를 이끌고 있는 선수와 최고의 시합을 하고 싶습니다. 잘 부탁합니다."

그렇게 마이애미에서의 결승전이 시작됐다.

떠오르는 해와, 지는 해의 시합이.

       *   *   *

후끈.

그리 덥지 않은 날씨임에도 영석은 등 위를 타고 솜털을 헤집으며 구불구불 흐르는 더운 땀방울을 여실히 느꼈다.

'긴장한 건가?'

스스로의 상태를 체크해 본 영석이 피식 웃음을 머금는다.

긴장에 여러 종류가 있음을 새삼 깨달은 것이 첫 번째 이유이고, 지금의 긴장이 좋은 의미의 긴장임을 눈치챈 것이 두 번째 이유다.

다다다닷!

그 긴장감에 전염됐을까.

볼키즈가 필요 없는 부산스러운 움직임이 보인다.

그리고 영석에게 건네진 공 네 개.

"……."

가슴속에서 제멋대로 뒤엉켜 놀고 있는 공기를 가늘게, 더욱 가늘게 입으로 뽑아내며 공의 느낌을 체크한다.

휙― 툭, 툭!

하나를 뒤로 던지고,

휙!

또 하나를 뒤로 던진다.

스윽―

하나의 공을 주머니에 넣고,

"……."

손안에 얌전히 놓인, 눈이 시릴 정도로 밝은 형광색의 공을 바라본다.

"준비 끝."

고오오오오―

부산스러움과 긴장감이 적절히 섞인 마이애미의 공기가 영석의 마음을 퍽 들뜨게 만들었다.

*   *   *

쾅!!

대부분의 타구음이 비슷하다 생각할 수도 있다.

하지만 영석의 서브에서 터져 나오는 소리는, 그야말로 섬뜩하다.

하나의 빛줄기처럼 흔적조차 보이지 않는, 리턴하는 사람으로 하여금 망연자실하게 만드는 그 속도는 지금 네트를 사이에 두고 공을 주고받고 있는 '스포츠'를 행하고 있음을 망각하게 만든다.

쉬익―

섬뜩한 소리에 맞춰 애거시의 눈빛이 용광로처럼 불타오른다.

최소한의 힘을 모아 짧은 스윙을 통해 서브에 대항한다.

펑!

"……!!"

첫 번째 게임의 첫 서브를 훌륭하게 시작한 영석은 등골이 서늘해짐을 느꼈다.

정확한 컨택, 서버의 타이밍까지 빼앗는 기가 막힌 타이밍의 리턴이다.

'빨라!'

쿵!

미처 대응하지도 못한 사이, 공이 바닥을 찍는다.

"아웃!!"

부심이 아웃 판정을 내렸고, 영석은 안도하는 대신, 공이 어디에 찍혔는지 유심히 코트를 내려다보았다.

'복식 라인과 단식 라인 사이. 그렇다면… 우연이 아니지.'

이 역전의 노장은 나이가 들었어도, 센스만큼은 여전한 세계 제일의 클래스를 보여줬다.

그리고 본인이 평생을 주특기로 삼았던 '반 박자 빠른 리턴' 또한 건실함을 영석에게 알렸다.

영석은 가슴이 벅차오름을 느꼈다.

'이래서 테니스를 그만둘 수 없지. 페더러에 이어 애거시까지…… 너무 재밌어.'

깜짝 놀랄 만한 대항 의지를 목격한 영석의 투지가 한없이 부풀어 올랐다.

＊   ＊   ＊

3 : 2.

놀랍게도 시합은, 접전에 접전을 거듭하고 있다.

비록 몇 개의 리턴 에이스를 당했지만, 영석은 차분하게 자신의 서브 게임을 지켜 나갔고, 애거시는 본인의 서브 게임을 필사적으로 지키고 있었다.

게임 소요 시간은 겨우 15분. 엄청난 페이스의 시합이 진행되고 있다.

쾅!!

애거시의 서브가 작렬한다.

투쟁심으로 눈에 불꽃을 피우고 있는 영석은 그 공을 쪼개 버릴 듯 팔을 강하게 휘두른다.

콰앙!!!

엄청난 서브와, 엄청난 리턴.

왈칵— 하고 단숨에 긴박함과 긴장감이 선수들에게 뿜어져 나온다.

본인이 서브를 하든, 리턴을 하든… 영석의 라켓에 공이 닿는 순간, 시합은 기이한 열기를 토해낸다.

워낙 공격적이고 위맹한 그라운드 스트로크를 즐겨 하는 두 선수이기에, 시합은 지루할 틈이 없었다.

그저 빠르고 빠를 뿐이다.

탓 다다다다닥!

회심의 리턴에 대응하는 애거시의 몸은 한시도 쉬지 못한다.

잘게 쪼갠 스텝이 현란하게 코트를 누빈다.

누가 뭐래도 '역대 최고의 베이스라이너' 목록에 꼽힐 만한 기량.

가뿐히 영석의 공을 따라잡아 굳게 움켜쥔 양팔을 휘두른다.

쾅!

'계속 빨라. 이게 가능해?'

거의 라이징에 근접한 이른 타이밍의 스윙.

공이 땅에 찍히자마자 라켓이 마중 나간다는 느낌의 스윙이다.

하지만 명백히 라이징과는 다른, 묘한 타이밍을 갖고 있었다.

탓, 다다다닥!

영석도 질세라 거구를 현란하게 놀린다.

눈 한 번 깜짝할 새 사이드 스텝 두세 번이 지나가고, 멀게만 느껴졌던 공간이 너무도 허무하게 잡아먹혔다.

쾅!!

사선을 그린 공이 애거시의 발밑에 떨어진다.

애거시를 뛰게 만들기보다, 의식의 허점을 찾는 것을 선택한 것이다.

쉬익—

애거시의 팔이 날카로운 직선을 그린다.

움찔—

영석의 몸이 의식과는 별개로 순간적으로 반응한다.

애거시가 쏘아내는 이른 타이밍의 공을 계속해서 접하다 보니 몸이 반응한 것이다.

그리고,

드륵— 퉁

놀랍게도 애거시가 선택한 것은 드롭.

몇 차례 강력하게 긁힌 공이 둥실 떠 네트를 넘어왔다.

"큭!"

영석이 때늦게 반응했지만,

툭, 데구르르르.

놀랍게도 공은 한 번 바닥에 튕기고 네트 쪽으로 굴러갔다.

어마어마한 백스핀.

"와아아아아아!!"

관중들은 이 놀라운 샷에 환호성을 질렀다.

탁, 탁!

영석은 손바닥으로 라켓의 면을 두 차례 두들기며 애거시의 샷을 인정했다.

'내가 드롭에 당한 게 얼마 만인지……'

타이밍을 조율하고, 상대의 움직임을 강제하는 영석의 테니스가 애거시의 몸을 빌려 실현된 포인트였다.

*   *   *

영석은 근본적인 문제부터 해결하기로 했다.

'빠른 타이밍의 공이 이 시합의 베이스라고 생각하자. 그리고 나의 타이밍을 일단 애거시에게 맞춘다.'

그렇게 마음먹자마자 영석은 조금씩 애거시와의 간극을 좁힐 수 있었다.

애거시가 20년을 투자해 얻은 '빠른 공격'을 영석은 몇 게임이 채 진행되기도 전에 몸에 익게 했다.

누구와 비교해도, 아니, 모든 종목의 프로 선수와 비교해도 꿀리지 않을 동체 시력과, 공간을 입체적으로 인지하는 공간 감응력.

그야말로 불공평하기까지 한 재능을 한 몸에 품고 있는 영석이기에 가능한, 반칙적인 모습에 애거시는 자신의 비교 우위가 조금씩 옅어지는 것을 아무런 저항도 하지 못하고 바라볼 수밖에 없었다.

6 : 4.

그리하여 한 번의 브레이크가 성공했고, 영석은 성공적으로 1세트를 가져왔다.

경기 소요 시간은 단 30분.

"훅… 훅……."

잠시 벤치에 앉은 영석은 잘게 떨리는 다리를 보며 거친 숨을 연신 몰아쉬었다.

짧은 시간 안에 폭발적으로 온몸의 에너지를 쏟아냈다.

체력이 아무리 좋아도, 사람의 육신을 가진 이상 이 힘겨움은 당연한 것.

영석은 부지런히 자신의 허벅지와 종아리를 주물렀다.

'팔은… 괜찮아. 등도 괜찮고, 심폐도 문제없어. 중요한 건 다리.'

드르륵—

영석은 궁여지책(窮餘之策)으로 음료수 병을 허벅지에 대고 굴려댔다.

"……."

사정은 애거시도 마찬가지였다.

아니, 영석에 비교하면 애거시는 이미 반시체였다.

30대의 몸으로는 도저히 감당할 수 없는, 초하이 페이스의 시합은 수많은 시합을 성공적으로 치렀던 애거시에게도 버거웠던 것이다.

그럼에도 애거시의 눈은 일체의 파문조차 그리지 않았다.

자리 잡은 것은 고요함, 그리고 침착함.

두 선수는 그렇게 다시 한 번 격전을 펼칠 준비를 하고 있었다.

*　　　　　*　　　　　*

쾅!

애거시의 서브로 2세트라는 불판은 서서히 데워지기 시작했다.

끽!

한차례 다리를 놀려 리턴을 위한 최적의 자리를 잡은 영석은 숨을 가득 폐에 담아두고 거칠게 상체를 비틀었다.

너무나도 대범한 테이크 백.

200㎞/h를 넘나드는 서브에 대응하기에는 적절치 않은 선택으로 보이는 그 테이크 백은, 영석이라는 하늘이 내린 신체에서는 무섭도록 자연스러웠다.

"푸우우우……."

그리고 이어진 것은 폭발적인 날숨과 함께 이어지는 강맹한 스윙.

쾅!!!

왈칵거리며 긴장감을 쏘아낸다거나 하는 차원의 것이 아닌, 언어로 표현할 수 없는 리턴이 쏘아져 나갔다.

쿵!

애거시는 자신의 서브만큼의 속도로 곧게 날아온 공이 애드 코트에 처절하게 처박히는 것을 망연자실한 표정으로 바라봤다.

"합!!"

영석은 어울리지 않게, 큰 소리로 자신을 격려했다.

한 번의 스윙으로, 2세트의 시작을 아름답게 장식한 스스로에 게 보내는 치하였다.

2세트는 첫 포인트부터 대번에 불타오르기 시작했다.

*   *   *

영석은 끊임없이, 아니, 시간이 지나면 지날수록 더욱 빠르고 강하게 움직이고 휘둘렀다.

한번 불이 붙은 몸과 마음은 언제나 침착했던 영석으로서도 통제가 안 될 정도로 빠르게 세를 키웠고, 영석은 그것을 통제하 기보다 그것에 몸을 맡기는 것을 선택했다.

"……."

한편, 애거시는 얼굴에 검은 기운이 감돌기 시작했다.

처음에는 보랏빛이었던 피부가 점점 짙어지는 기색을 보이더니, 지금에 이르러선 쓰러지기 일보 직전인 상태까지 몰린 것이다.

―지금까지 약 천 번의 경기를 치른 베테랑.

천 번의 경기 중에 영석과 같은 경우가 있었을까.

분명 있을 것이다.

하지만 그때는 여봐란듯이 같이 맞불을 놓을 만한 기력이 애

그 이름, Andre Agassi 303

거시에게 허용됐을 것이다.

하나 지금은 어떤가.

네트를 몸통으로 한 거대한 새의 한쪽 날개가 펄럭이지 못하고 있는 상태.

한쪽에서는 불의 크기를 키워만 나가는데, 다른 한쪽에선 그것을 받아들이지 못하고 있다.

5 : 2.

영석은 스코어 따위는 신경 쓰지 않았다.

이기고 있다는 것도 인식하지 못했다.

터져 흐를 것 같은 에너지를 쏟아내고 싶어서 안달이었다.

'왜 3세트 경기인 거야!'

—이렇게 기분 좋을 때가 왜 하필이면 마스터스였을까. 메이저였으면 5세트 경기라 넉넉히 2, 3시간은 이 에너지를 쏟을 텐데.

라는 아쉬움이 가득했다.

그리고 결승전은 영석의 서브 게임에서 결정이 나게 됐다.

"......"

흑색 일색인 애거시의 안색에 결연한 빛이 감돌기 시작했다.

30 : 0.

영석의 서브 에이스가 한 개 작렬했다.

나머지 하나는 애거시의 리턴이 아웃된 것.

이번 경기 서브 에이스는 고작 6개다.

2002년 이후에 이토록 서브 에이스가 가뭄이 있었던 적이 있던가.

지쳐 있어도, 애거시의 눈과 손은 여전히 살아 있었다.

쾅!!

영석의 이번 게임 세 번째 서브가 불꽃을 뿜었다.

펑!!

애거시는 여전히 매서운 감각을 동원해 리턴에 성공했다.

영석이 자리하고 있는 듀스 코트를 향해 공이 매섭게 짓쳐 든다.

펑!!

영석은 그 자리에서 크로스로 공을 보냈다.

그 공은 영락없이 듀스 코트에 자리한 애거시에게 향한 것.

서로가 있는 곳으로 한 차례씩 공을 주고받은 둘은, 그 자리에서 한 발자국도 움직이지 않고, 각자 두 번씩 공을 쳤다.

쾅!

애거시의 포핸드.

펑!

영석의 백핸드.

펑!

애거시의 포핸드. 이번엔 스핀이 많다.

쾅!!

영석은 신체적인 높이를 이용해 그 공을 비벼서 스트레이트로 보냈다.

끽, 끼기기긱!!

애거시는 순식간에 비호처럼 몸을 던졌다.

2세트 끝자락에 닿은 지금, 애거시는 그 어느 때보다 에너지를 많이 뿜어내고 있었다.

콰앙!!

애거시가 달려가는 힘을 이용해 그대로 양팔을 휘두른다. 세계 최정상급의 백핸드. 코스는 크로스다.

끽! 다다다다닷!!!

쾅!

영석은 그 공을 쫓아가 포핸드로 응수했다. 둘은 이번에는 애드 코트에 자리를 잡고 두 발자국 이내에서 펼쳐지는 사선의 대결을 다시금 시작했다.

펑!!

애거시의 백핸드.

포핸드에 비해 한 점 부족함이 없는 날카로운 공은 훌륭했다.

쾅!

영석의 포핸드. 바위가 공을 친 것처럼 압도적인 안정감이 깃든 공이 사선을 그린다.

펑!!

애거시가 다시 공을 영석에게 보낸다.

쾅!

영석은 벽이 되어 그 공을 그대로 돌려보냈다.

쾅!

조금 답답했을까.

이번에는 애거시의 백핸드가 전개의 변화를 꾀한다. 송곳 같은 스트레이트.

다다다닷! 끽! 퉁!

영석은 슬라이스로 길게 호흡을 가다듬으며 공을 다시 사선으로 보냈다.

끽, 끽!

애거시가 온몸의 힘을 한 점으로 모으려는 듯, 공을 따라잡아 그 자리에서 두 번 땅을 강하게 짓이긴다.

펑!!

총알 같은 포핸드가 크로스로 꽂힌다.

펑!

영석은 다시 백핸드. 코스는 스트레이트.

숨이 턱 끝에서 간당간당거린다.

몸에서 필요로 하는 산소보다 공급되는 산소가 턱없이 부족한 탓.

온몸의 촉각이 한없이 예민해진다.

끽, 끼긱!!

화려하게 몸을 놀리는 애거시의 모습에서 젊을 때의 모습이 아른거리는 듯한 착각이 든다.

긴 금발을 치렁치렁 휘날리며 여유롭게 뛰는 모습이 오버랩되는 것이다.

쾅!!

백핸드. 코스는 크로스. 다시금 영석의 오픈 스페이스를 찌르려는 시도가 행해졌다.

공은 그때나 지금이나 변함없이 강력하다.

끽, 끼기긱!!

정신없이 뛰다 보니 입술 끝에서부터 침이 마르기 시작하는 게 느껴진다.

펑!!

포핸드로 공을 처리한 영석의 선택은 크로스.

그리고,

쾅!

펑!

펑!

펑!!

쾅!!

쾅!

다시금 각자 세 번씩 사선으로 공을 주고받았다.

─어째서 선수들은 이렇게 랠리가 길어지는 상황에서 드롭을 시도하지 않을까.

여러 가지 이유가 있지만, 가장 중요한 이유는 두 선수 모두 드롭을 '강하게' 인식하고 있기 때문이다.

대부분의 톱 플레이어들은 이런 순간에 펼쳐지는 드롭엔 거의 99% 확률로 대응한다.

즉, 드롭을 시도하지 않는 이유는, 못 받아낼 이유가 없고 드롭을 시도하는 것 자체가 랠리전을 더 이상 이어가지 못하겠다는, 일종의 항복이라 생각하기 때문도 있다.

그리고… 애거시가 그 선택을 했다.

1세트에서 보여줬던 강렬한 드롭샷.

통!

한없이 예민해져 있는 영석은 라켓에 공이 닿기도 전에 몸을 던졌다.

다다다다!!

우왁스러울 정도로 빠르게 달려온 영석은 드롭샷의 의미를 무색게 하는 완벽한 준비를 할 수 있었고,

팡!

강인한 손목을 이용해 엄청난 스핀을 걸어 공을 넘겼다.

짧고, 깊은 각도로 말이다.

다다다다닷, 끽, 끽, 끼긱!

애거시가 대각선으로 빠르게 접근해 왔다.

그리고,

끽, 끽!

몇 번 기우뚱하더니 그대로 앞으로 몸을 굴렀다.

"……!!!"

툭, 툭…….

이미 공은 두 번 튕긴 상황.

누가 말릴 새도 없이 영석은 재빨리 라켓을 놓고 네트를 훌쩍 넘어갔다.

"괜찮아요?"

가까이서 보니 애거시의 안색이 시커멓다.

다리는 움찔움찔거리며 애거시의 의지와 상관없이 사정없이 꿈틀대고 있었다.

'쥐.'

슥―

영석은 재빨리 애거시의 발을 잡고 근육을 늘려주기 시작했다.

"천천히! 숨 천천히!!"

27구.

약 1분 동안 이어진, 거의 무호흡 상태에서의 격렬한 움직임 탓일까.

애거시는 숨을 거칠게 몰아쉬고 있었다.

탁—

그때, 영석을 제지하는 손길이 있었다.

의료진이 긴급하게 투입된 것이다.

그렇게 경기는 어수선한 상태에서 잠시 소강상태에 접어들었다.

*   *   *

부우우우—

3분 정도 지났을까.

시합이 재개되었다는 알림과 함께 애거시가 살짝 절룩이며 다시 베이스라인에 섰다.

40 : 0.

매치포인트를 앞두고 쓰러진 상태에서 다시 일어난 것이다.

'……'

명백히 움직일 수 없는 상황.

그냥 서 있다가 서브 에이스를 당하고 경기를 끝내겠다는 의도다.

"……"

애드 코트에 선 영석은 호흡을 가다듬고 3분여 동안 식어버리고 만 몸에 다시금 불을 지피며 열기를 끌어올렸다.

어떻게 서브를 쳐도 경기의 승패는 결정된 상황.

하지만 영석은 1세트 때와 다름없는 서브를 보여주고 싶었다.

그게 도리라고 생각됐다.

훅—

깊은 숨결이 허공을 가르고, 공이 둥실 떠오른다.

콰아앙!!!

흡사, 벼락이 쪼개지는 소리가 이럴까.

굉음을 낸 공은 ㄷ 자 왼쪽 구석에 정확히 찍히고 애거시의 곁을 스쳐 지나갔다.

"게임 셋 매치 원 바이……"

심판은 늘 그렇듯 담담하게 영석의 승리를 선언했고,

"와아아아아아아!!"

"휘이이이익!!"

경기 마지막에 보인 두 선수의 플레이에 감동을 받은 관중들은 기립 박수를 치며 환호를 코트에 쏟아부었다.

"……"

"……"

네트를 향해 걸어가던 영석은 베이스라인 근처에서 우두커니 서 있는 애거시를 보더니 다시 네트를 홀쩍 넘어갔다.

저벅저벅…….

와락—

재빠르게 애거시에게 다가간 영석은 애거시를 강하게 부둥켜 안았다.

"고생하셨습니다."

온갖 감정이 담긴, 그러나 담담하기 그지없는 영석의 인사에 피식 웃음 지은 애거시가 자신보다 한 뼘은 더 큰 영석의 등을 팡팡 두드렸다.

"…오늘도 최고로 재밌었습니다."

허례허식(虛禮虛飾)이 아닌, 진심으로 감사하는 의미에서의 포옹이 결승전의 피날레를 장식했다.

『그랜드슬램』 8권에 계속…

·· 부록 ··

남녀 성 대결에 대하여

'테니스 성 대결'은 과거 몇 차례 진행된 바 있습니다.

지난 1973년 미국 어머니의 날인 5월 13일, 전 세계 1위 보비 릭스가 당시 네 개 메이저 대회를 평정하고 있던 마거릿 코트(호주)를 상대로 2 : 0 완승을 거둔 게 첫 성 대결이었습니다.

은퇴 생활을 즐기다 당시 31세의 마거릿을 상대로 승리를 했던 55세의 릭스는 이번엔 곧바로 30세의 빌리 진 킹(미국)을 코트로 불러들였습니다. 그러나 두 번째 대결에서 릭스는 0 : 3으로 참패, 여성 스포츠계로부터 '편협한 남성 우월주의에 대한 페미니즘의 승리를 가져다준 장본인'으로 비난과 찬사를 동시에 받았습니다.

  그 이후로 빌리 진 킹은 '여성 스포츠계 페미니즘의 선봉자'로서 대중에게 인식이 되고, 실제로도 활발한 활동을 이어오고 있습니다.

  19년 뒤인 1992년에는 세 번째 대결이 성사되었습니다.
  '철녀' 마르티나 나브라틸로바(체코·당시 36세)가 4살 연하의 지미 코너스(미국)와 맞섰지만 0 : 2로 져 세 번째 성 대결은 다시 남성의 승리로 끝났습니다.

  골프에서 빈번하게 불거지는 이슈인 '성 대결'.
  과연 테니스에서 진정한 성 대결이 가능할까요?
  『그랜드슬램』이 아닌, 현실의 2003년에는 어떤 일이 있었을까요?

  때는 2003년, 골프 여제라 불리던 소렌스탐이 5월 미국프로골프(PGA)투어 콜로니얼클래식 출전이 확정된 가운데 세레나에게도 비슷한 제안이 왔습니다.

  "애거시하고 맞붙으라고?"

  WTA 역사상 가장 위대한 선수로 손꼽히는 세레나는 당시, 남자와의 성 대결에 나설 뜻이 없음을 분명히 했습니다.
  세레나는 애리조나 주에서 열리는 스테이트 팜 여자 테니스 클래식에 출전, ATP 출전 가능성에 대해 질문을 받고 "남자와 여자는 체형이 다르다. 나도 성 대결을 해보고 싶지만 (애당초) 그것은 가능하지 않다고 생각한다"고 말했습니다.

세레나는 특히 테니스와 골프는 차원이 다르다고 지적했습니다. 많은 선수들이 필드에 나서는 골프는 성적에 따라 순위가 매겨지지만 일대일로 경기를 벌이는 테니스는 오로지 승리와 패배만 있을 뿐이라는 설명입니다.

세레나는 "테니스에서의 성 대결은 프로 복싱 헤비급 세계 챔피언인 레녹스 루이스가 라일라 알리(무하마드 알리의 딸)와 결투를 벌이는 것과 같다"며 "라일라가 승산이 없는 것처럼 나도 앤드리 애거시(33·미국)와 싸워서 이길 가능성이 없다"고 강조했다.

2003년 애거시는 호주 오픈에서 우승을 하며 노익장을 과시하고 있을 때였습니다.

여성의 한계를 명백하게 벗어났다는 평가를 받고 있는 세레나는 이와 같은 성 대결을 자주 제안받습니다.

2013년 즈음, 세레나 윌리엄스는 미국 CBS의 '데이비드 레터맨 쇼'에 나와 앤디 머레이(영국)와의 맞대결 가능성에 대한 이야기가 나오자 "한 게임도 따내지 못하고 10분 내로 질 것"이라고 답했습니다.

가장 최근에 이벤트성으로 성 대결이 이뤄진 것은, 2013년 조코비치(세르비아)와 리나(중국)의 대결입니다. 조코비치가 중국의 제안을 받아들여 이 이벤트가 진행됐습니다.

개인적으로는, 가장 현명하게 성 대결이 이루어졌다는 평가를 하고 싶은데, 모든 게임은 리나의 서브 게임이었고, 매 게임 리나가 서티 러브(30 : 0)으로 시작하여 세트스코어 3 : 2로 리나가 승리를 거뒀습니다.

　서로 수다도 떨고, 관중들과 놀고, 때로는 기자들과도 유쾌한 시간을 보내며 치렀던 경기라 '성 대결'이라는 엄숙하고, 저속한 잣대가 비집고 들어갈 틈이 없었습니다. 특히 ATP 최고의 개그맨인 조코비치의 활약이 돋보였던 재미난 이벤트였습니다.

　스포츠계를 자세히 들여다보면, 성에 대한 차별과 억압, 혹은 과도한 피해 의식 등까지 고루 살펴볼 수 있습니다.

　테니스도 마찬가지입니다.

　메이저 대회만 가도 5세트 경기를 치르는 남자와, 3세트 경기를 치르는 여자의 상금이 같습니다. 이 상금 문제는 늘 뜨거운 감자처럼 다뤄지곤 합니다.

　어떤 이는 '같은 가치를 지니는 대회의 상금이 다를 이유가 없다'고 하고, 어떤 이는 '시장 논리에 따라 관중, 혹은 시청자들을 많이 끌어모으는 쪽의 상금이 많아야 한다'고 합니다. '여자 선수가 5세트 경기를 치르지 못할 이유가 없다. 세트 수를 똑같이 하자'는 의견도 있고요.

　이와 같이 '평등'과 '차별'이라는 아주 중요한 가치로 대립을 이루기도 하는 만큼, 성에 관련한 이슈는 늘 뜨겁습니다.

　오죽하면, 2017년, 배틀 오브 더 섹시스(Battle of the Sexes)라

는 영화가 개봉 예정이기도 합니다.

　앞서 언급한 릭스와 빌리 진 킹의 대결을 그린 영화라는데, 그만큼 성 대결이라는 게 얼마나 세인들의 관심을 불러일으켰는지 알 수 있는 지표가 될 것 같습니다.

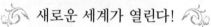

초대형 24시 만화방

신간 100%, 샤워실, 흡연실, 수면실(침대석), 커플석, 세탁기 완비

■ 시흥 정왕25시점 ■

경기 시흥시 정왕동 1742-13 미스터피자 건물 5층
031) 319-5629

■ 강북 노원역점 ■

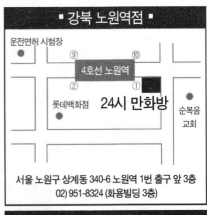

서울 노원구 상계동 340-6 노원역 1번 출구 앞 3층
02) 951-8324 (화용빌딩 3층)

■ 일산 정발산역점 ■

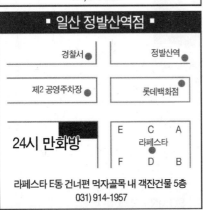

라페스타 E동 건너편 먹자골목 내 객잔건물 5층
031) 914-1957

■ 일산 화정역점 ■

경기도 고양시 덕양구 화정동 984번지 서일빌딩 7층
031) 979-4874 (서일사우나 건물 7층)

■ 부천 역곡역점 ■

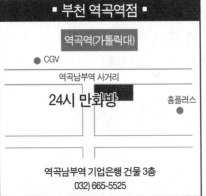

역곡남부역 기업은행 건물 3층
032) 665-5525

■ 부평역점 ■

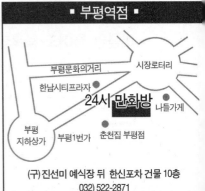

(구)진선미 예식장 뒤 한신포차 건물 10층
032) 522-2871

자미쇼 장편소설

FUSION FANTASTIC STORY

GRAND SLAM 그랜드슬램

2016년의 대미를 장식할 최고의 스포츠 소설!!

Career record : 984W 26L
Career titles : 95
Highest ranking : No.1(387weeks)
Grand Slam Singles results : 23W
Paralympic medal record : Singles Gold(2012, 2016)

약 십 년여를 세계 최고로 군림한 천재 테니스 선수.
경기 내내 그의 몸을 지탱하고 있는 것은…… 휠체어였다.

『그랜드슬램』

휠체어 테니스계의 신, 이영석(32).
그는 정상의 자리에서도 끝없는 갈망에 사로잡혀 있었다.

"걷고 싶다, 뛰고 싶다. …날고 싶다!!"

뛸 수 없던 천재 테니스 선수
그에게, 날개가 달렸다!!!

Book Publishing CHUNGEORAM

유행이 아닌 자유추구-
WWW.chungeoram.com

Book Publishing CHUNGEORAM

유행이 아닌 자유추구 -
WWW.chungeoram.com

투신
강태산

박선우 장편소설

FUSION FANTASTIC STORY

무림을 휩쓸던 '야차(夜叉)'가 돌아왔다.

『투신 강태산』

여행사 다니는 따뜻한 하숙생 오빠이자
국가위기 특수대응팀 '청룡'의 수장.
그리고 종합격투기계를 휩쓸어 버린 절대강자.
전 세계를 무대로 펼쳐지는 투신 강태산의 현대 종횡기!!

"나는, 나와 대한민국의 적을, 철저하게 부숴 버릴 것이다."

서러웠던 대한민국은 잊어라!
국민을 사랑하는 대통령과 절대강자 투신이 만들어 나가는
새로운 대한민국이 펼쳐진다!!